アフロ記者が
記者として
書いてきたこと。
退職したからこそ
書けたこと。

稲垣えみ子

朝日新聞出版

はじめに

この本は、私が朝日新聞社に記者として在籍していた28年間のうち、50歳で退社する直前の3年間に書いたコラムを中心に再録したものです。

コラムとは、記者が取材したことを書く通常の新聞記事とは違い、記者自身が名前や顔をさらして主観的な意見を述べるコーナーです。そこには当然のことながら大きな責任が伴います。なので実のところ、まさか自分ごときがそんなものを担当することになるとは夢想だにしていませんでした。女性記者というマイノリティーでしたし、勤務地も地方が中心で、華やかな海外勤務の経験も政財界の大物を取材した経験もなかったからです。

しかしサラリーマンの人事というのはひょんなことから転がっていくものです。

そもそもの始まりは、大阪社会部のデスクをしていたとき、とある偶然から、社が発行するマスコミ関係者向けの業界誌「Journalism」に橋下徹・大阪市長（当時）をめぐる報道についての私的な悩みを綴ったことでした（第3章）。時代の寵児《ちょうじ》であった橋下氏への注目度の高さから記事はネットで拡散し、それがきっかけとなって論説委員室へ異動となって「社説」なるものを担当することになり、そこからさらに、新聞離れに悩む社が「顔の見える新聞」を目指す方針も相まってまさかのコラムデビューをすることになったのです。会社がその思い切った判断に至るまでには、私がアフロヘアという特殊な外見の持ち主であったことも少なからず影響したと思われます。

人生は案外と小さな偶然に翻弄され転がっていくものです。自分の意思でコントロールできることなど、たかが知れているのかもしれません。

しかし転がった結果が吉と出るか凶と出るかはわからない。桶屋《おけや》は儲《もう》かり、ワラを拾った若者は長者になったけれど、現実はそううまくはいきません。人にできることは、与えられた運命と場所でただ瞬間瞬間に全力を尽くすことだけなのかもしれません。

私もこの3年間、自分なりに全力投球をしたつもりです。

最後まで悩んだのは「コラムとは何ぞや」ということでした。偉そうに書いているお前はナンボのモンじゃという声が頭から消えたことはありません。実際本当にナンボでもないんですから、そんな私がたまたまこのような場所に来た意味を考えざるをえませんでした。

結局、自分に課したルールは「本当に心から、それもゲロを吐くほど心の底から言いたいことだけを書く」ということです。で、そういうお前はナンボのモンじゃと言われたら、やっぱりナンボでもないんです。それでも、いやそれだからこそ、どこかで聞いたもっともらしい意見をまるで自分の意見であるかのごとくスマートに書くことはやめようと思いました。どんなアホな考え、浅薄なものの見方であっても、そういう自分から逃げないでおこうと。いや実際には逃げ気味になるんですが、逃げちゃいけないという気持ちだけは持ち続けようと。

それが「コラムとは何ぞや」という問いの正しい答えかどうかはわかりません。

しかし、この先行きの見えない時代を生きる一人の人間として、わかったふりをせず、悩み続けることで、読者の方々とつながりたかったのです。

しかし朝日新聞への信頼が根底から揺らいだ中での執筆となった2014年9月からの最後の1年間は本当につらかった！　逃げ出したくなりました。というか実際に逃げ出そうかと真剣に考えました。

そんな中、結局私が頼りにしたのは、自分の弱さだった気がします。

カッコばかりつけてきた自分。人を出し抜いて得しようとする自分。評価されたいと思う自分。それでも少しは世の中で意味のある存在でありたいと虫のいいことを願う自分……。

人は本当に弱い。でも弱くっていいじゃない。強いふりをしてスマートに生きようとしているから誰ともつながれない。弱い自分を認めて、そこに悲しみや虚《むな》しさや怒りを感じるなら、同じように弱々しく必死に生きている多くの人たちとつながることができるはずなんじゃないか。

新聞離れが叫ばれて久しく、中でも朝日新聞をめぐる状況がどんどん厳しくなる中での執筆となったのですが、その緊張感ゆえの「火事場の馬鹿力」が奏功したのかもしれません。予想外の反響を頂くことになり、「まとめて読みたい」という声を頂きました。ありがたいことです。声を寄せてくださった方々への近況報告も含め、退社後の生活や今考えていることについても一章を設けました。

大丈夫です。イナガキは元気にやっております。

何はともあれこの本を手にとっていただきありがとうございます。人生は厳しく、そして面白いです。皆様と同様、私もこの現代という時代をこれからも懸命に生きていくつもりです。

２０１６年４月末　東京にて

アフロ記者が
記者として
書いてきたこと。
退職したからこそ
書けたこと。

目次

第2章 朝日新聞

「社説余滴」&「葦《あし》」の言葉 67

第3章 Journalism
「大阪社会部デスクから見た橋下現象」

第5章 書き下ろし

「閉じていく人生へのチャレンジ」

カバー・本文デザイン：フロッグキングスタジオ
本文イラスト：竹田明日香

第1章

朝日新聞「ザ・コラム」の言葉

【2014年10月〜2015年9月@編集委員】

第1章のはじめに

「ザ・コラム」を書きませんかと打診を受けたのは2014年の初夏のこと。正直、とってもうれしかったのです。当時の私は「社説」を書く仕事を担当し、世の難しい問題について、社を代表して「正しい」意見を書くことに苦しんでいました。でもコラムなら社説じゃなくて「自説」が書ける！　それは本当に自由な気がしたのです。まさか新聞にこんなことが載るなんてというような面白い話を、あれも書こう、これも書こうと夢を膨らませていました。

ところがデビュー直前の2014年9月、朝日新聞を揺るがす誤報事件が勃発。うれしいどころか何を書いてよいのやらわからなくなったという顛末《てんまつ》は、この章の最後に収録したコラム「寂しさを抱きしめて」に、そしてさらに詳しい事情は第4章の「それでもマスコミで働きたいですか」に記した通りです。

いま改めて全編を読み返してみると、当時の緊張感がよみがえり、手に汗が滲《にじ》んできます。圧倒的な失望の中で何を書けば読んでもらえるのか。「もう自分のことを書くしかないよ！」という破れかぶれの選択は幸いにも読者の方から前向きに受け止めていただき、それはそれでもちろんありがたかった。しかし、なにしろ肝心の「自分」が掘れば掘るほどスカスカなのです。

批判があれば死にたくなるほど落ち込み、好意的な反響を頂いてもそれはそれで次回何を書けばこの方々に満足してもらえるのかとこれまた恐ろしく、どんどん追い詰められた気持ちになっていきました。でも振り返れば、その「ここから逃げることだけは許されない」という思いだけが、非力な私が書き続ける唯一の支えであったのだと今になってわかります。

1年間の執筆を終えた時、自分が自分じゃないような気がしました。このコラムを書いたのは私ではありますけれど、私だけではとても書けなかった。本当の筆者は、朝日新聞を愛し、失望し、それでもあきらめられず、何かの熱い心を持って私たちを厳しくも大きく見守ってくださった読者の方々であります。

本当に不思議な、一生に一度の体験をさせていただきました。

あらためてかぎりない感謝の気持ちを記します。

アフロの自由

人生は変えられる

【ザ・コラム２０１４年10月25日付】

ばかばかしいと思う。でも本当のことなのだ。私にもついに訪れたのである。人生における「モテ期」が。

思い起こせば、きっかけは15年ほど前。大阪府警のサツ回りをしていた私は、場末のスナックで開かれた警察官と担当記者の懇親会でカラオケに興じていた。そこに、ソレはあった。刹那《せつな》的に場を盛り上げる笑いの小道具として。

アフロのカツラが。

元来シャイな性格である。変なプライドもある。ふだんなら絶対にそんなものはかぶらない。だがそのカツラは、オッチャンたちの頭から頭へと回ってきた。コワモテの警察官の面々が、その丸いもじゃもじゃを乗っけると驚くほど可愛《かわい》いのである。

爆笑していると、私の番が回ってきた。仕方がない。もじゃもじゃに頭をつっこんでみる。「ギャハハ」「似合う似合う」

せっかくなので鏡を借りて、ちらりと確認しましたよ。あら案外イケてる。

それから時は流れ、パッとしない日々が10年ほど積み重なったある日、「そうだ、アフロ、しよう」と思い立つ。いくら何でも社会人としてどうなんですかという美容師の反対を押し切り、平凡な私の頭に、丸くこんもりとした黒い物体が乗っかった。

以来、人生が変わったのです。

行く先々で、見知らぬ老若男女がニコニコと近づいてくる。電車の中、本屋、登山道。「その髪形いいですねえ」「カツラ？　地毛？」。握手を求める外国人も多い。夜、帰宅途中に、スナックやバーから酔ったおじさんが飛び出して来たことが3回、あった。「いっしょに飲もう！」。美人でもセクシーでもない不肖私、50歳を目前にして「ナンパ」初体験である。

さらに、近所の店に入れば「いつ来てくれるのかと思ってました」と大歓迎。1度見たら忘れないせいか、2度目には常連扱いだ。カフェに行けばケーキ、居酒屋の場合は漬物の皿が、「よかったら」の一言とともにスッと登場。ある喫茶店のマダムはなんと、アフロの肖像画を書いてプレゼントしてくれた。

いったい何なんだろうかこの人気ぶり。

もちろん原因は私ではない。アフロである。世の中には奇抜な髪形はあまたあり、もしかするとそういった方々も一斉にモテているのかもしれないが、アフロはちょっと特別なのではなかろうか。

丸くてムダにでかくて、ばかばかしい。歩いているとやたら人と目が合うのだが、ほとんどの人が笑っている。笑われているのかもしれない。それでもいいのだ。私は今、常に笑顔に囲まれているのである。

それにしても不思議なのは、声をかけてくる人がほぼ例外なく「私もやってみたい」と言うことだ。年齢やファッションの傾向に関係なく、みな同じことを言う。これは一体どうしたことか。

疑問が膨らんでいたある日、大阪の路上で信号待ちしていた老女が私の頭を凝視して一言。「ええなあ、若い人は自由で」

自由！　そうか！　イメージは「アフロ＝自由」だったのだ。思い切って髪を爆発させ、その勢いで、うっとうしいしがらみ、閉塞《へいそく》した現実から脱して自由になれたら――みなさんそう思ったんですね。

ふと考える。私は自由になったのか。

本家アメリカでは、アフロはすでに絶滅寸前らしい。2009年のドキュメンタリー映画「グッド・ヘアー～アフロはどこに消えた？」には、雑誌の表紙を飾る白人のようなサラサラ髪を求めてやまぬ黒人女性の今が描かれる。皮膚に悪影響を与えかねない強力な縮毛矯正剤が飛ぶように売れ、巨大な有望市場を形成している。

半世紀前には、同じ黒人社会で、アフロは自由と解放の象徴だった。差別撤廃をめざした運動の熱気の中、生まれつきの縮れ毛をわざと大きくふくらませて「美しいブラック」へと鮮やかに変身してゆく人々の様子は、当時のアメリカに暮らしたフォトジャーナリスト吉田ルイ子さんの著書に詳しい。アフロは、自らを「醜い」と規定してきた人々の意識を解き放ったのだ。

同じ髪形がわずかな時の差で、解放の象徴から克服すべき対象へと一変する。つくづく人間はややこしい。

さて、私である。日本人である私のアイデンティティーとアフロには何の関係もない。数カ月ごとに強力なパーマ液を使って直毛を縮れさせる姿は、我ながら変だ。それでも確かに、私は自由になったのだと思う。

人生は思いもかけぬ困難の連続だ。社会も閉塞している。成長は止まり、人口は減り、不安を背景に対立は深まる一方。それでも未来は変えていけるはずだ。

足りないのは、行動する勇気なのかもしれない。勇気を支えるのは、他人を信じる気持ちだ。人生は、ともに笑いあえる仲間がいれば何とかなるのではなかろうか。

アフロにしたというただそれだけで、笑顔につつまれ、友達が増え、モテている今、心からそう思う。これはもう一つの奇跡だ。奇跡は誰にでも訪れるのである。

皇后のうた

わがことであると思うひと

【ザ・コラム2014年12月6日付】

週刊朝日の記者時代の先輩から「きれいな本ができたから」と、表紙から満開の桜がこぼれ落ちそうな一冊が送られてきた。

『皇后美智子さまのうた』(朝日新聞出版)。画家の安野光雅さんが、ご成婚55年を迎える天皇・皇后両陛下の歌から133首を選び、皇居を彩る植物のスケッチと解説をそえている。

先輩は山本朋史さんという。安野さんが体調を崩し通院していたときも人知れず同行し、長く信頼関係をつくってきた。だが1年前に本人が軽度認知障害と診断され、早期治療体験ルポに挑んでいる。

そんなコンビが週刊朝日で始めた静かな連載が「美智子さまのうた」になった。

私、皇室に興味がある方ではない。歌の素養もゼロ。だが帰りの電車で本を開くとたちまち引き込まれ、2駅乗り過ごした。

ショックだったのは、この歌だ。

「知らずしてわれも撃ちしや春闌《た》くるバーミアンの野にみ仏在《ま》さず」（平成13年）

タリバーンが破壊した石仏を悲しまれたのだろう。驚いたのは「知らずしてわれも撃ちしや」という言葉である。言うまでもなく、我が国の皇室とイスラム原理主義者の行動に関係があるはずもない。それを、もしや自分の問題であるかもしれぬという人とは、いったいどのような方なのか。

読みすすめると、両陛下は55年間、苦難に立たされた人々の元へ通い、また通い、折に触れ思いをはせ、繰り返し歌に詠み続けてこられたことがわかってくる。

ハンセン病療養所。阪神、東日本の震災はもとより全国の被災地。硫黄島、サイパン島など多くの悲劇を刻んだ激戦地。そして毎年巡り来る沖縄慰霊の日には、世界のどこにいても方向を確かめ、黙禱《もくとう》をささげるという。それはおよそきらびやかな皇室のイメージとはかけ離れ、何か強い意地のようなものまで感じさせる。

「そこまでしなくても、と思うこともあるのですが」と安野さん。

終戦直後の出来事が記されている。

GHQ最高司令官マッカーサーは昭和天皇と最初に面会したとき、天皇を戦犯に問うのはよくないと考えていた。だが天皇はそれを知らず、自分は全ての決定と行動に全責任を負うと言った。「私自身をあなたの代表する諸国の裁決にゆだねる」

これはマッカーサーの手記で、日本側の正式な記録はない。さきの戦争で亡くなった日本人は戦闘員、非戦闘員合わせて310万人。天皇の戦争責任については様々な意見がある。

だが天皇のため命を捧《ささ》げることが名誉だと信じた無数の国民の死が、天皇家に深く刻まれなかったはずがあろうか。罪に問われなかったからこそ、痛恨の思いは強く受け継がれたのではなかろうか。

圧倒的な犠牲を胸に、息子夫婦は修行のように全国を歩き続ける。

「初夏《はつなつ》の光の中に苗木植うるこの子供らに戦《いくさ》あらすな」（平成7年、植樹祭）

反戦、と言葉で言うのはたやすい。だが長い平和のときにあって「戦あらすな」という祈りを胸の奥に抱えて暮らすことは、たやすいことではないとおもう。

10月、傘寿の誕生日に美智子さまが発表した所感が話題になっている。戦後70年を迎えるにあたってのお気持ちを問われ、ラジオでA級戦犯への判決の言い渡しを聞いた時の恐怖を忘れられないと記した。「国と国民という、個人を越えた所のものに責任を負う立場があるということに対する、身の震うような怖《おそ》れであったのだと思います」

あの敗戦とは何だったのか。あちこちで噴き出す強い言葉の応酬。私たちは、今もそのことを消化できずにいる。

東京裁判は戦勝国による一方的な断罪だという批判がある。その通りに違いない。何しろ日本は負けたのだ。だがもし他者による断罪がなかったら、どうだったろう。あれほどの犠牲と悲劇を前に、だれがどう責任を取るべきだったのだろう。

19歳で一兵卒として終戦を迎えた安野さんは、二つの投げかけをしている。

戦争のとき、前線はむろん命がけだったが、銃後も同じだった。空襲というものがあったから、国に命を捧げたのは兵隊さんばかりではなく、日本人全員だった。

沖縄が戦っているとき「本土決戦」というスローガンがあった。だれも表立って、ここらで白旗を掲げようと言い出すものはなかった。沖縄は数知れぬ大きな犠牲をはらい「全滅」した。そんなになるまで戦いを続けさせたのはだれか――。

私は戦争を知らず、一冊の本だけで全てを語れるはずもない。それを承知で考えている。いったいだれが悪かったのか。

昔の話に限らない。戦争のない世の中にあっても、私たちのまわりは悲劇や不平等や理不尽にまみれ、だれかがその犠牲になっている。悪いのは、だれなのか。もしかしたら、私の問題ではないのか。

そう考えることからしか本当の意味で歴史に学ぶことはできないのかもしれない。バーミヤンの石仏を撃ったのは私かもしれぬと、私は思うことができるだろうか。

選挙の後に

毎日が投票日かもしれない

【ザ・コラム2015年1月3日付】

みなさま明けましておめでとうございます。世の中ままならぬことは多々ありますが、まずは笑顔でよき年を迎えておられますことと存じます。

年末にはあわただしく、突然の総選挙がありました。投票に行った人、行かなかった人、様々な思いがあったと思います。結果は自民・公明の与党大勝でしたが、戦後最低の投票率でもありました。

難しい時代です。ひとむかし前の高度成長期のように、放っておいてもモノがどんどん売れ、人口もどんどん増え、みんな横並びで豊かになっていける時は過ぎました。限られた富をめぐり、何が大切か、何を守りたいのか、それぞれの思いが複雑にすれ違う。政党が掲げる政策パッケージに全て納得して投票するなど至難の業です。

思いを託せる政党がなく棄権した人もいたでしょう。アベノミクスを評価して自民に入れたけれど原発の再稼働はどうかと思う人もいることでしょう。それでも与党が圧倒的な議席を得た以上、やりたい放題の政策を一気に進めるかもしれない。もやもやした心持ちで新年を迎えた人も少なくないのではと想像いたします。

私もその一人です。ですが、決して意気消沈はしておりません。

選挙とは何か。真剣に考えるきっかけをくれたのは、大阪の橋下徹市長でした。

橋下氏といえば「選挙至上主義」。大阪府知事時代、自ら率いる地域政党が府議会で過半数を取ると、学校行事で君が代を起立斉唱するよう先生に義務づける条例づくりなど、異論も多い大胆な施策をどんどん実行しはじめました。当時、私は大阪社会部のデスクで、おかしいではないかと追及した。ところが氏は、選挙で選ばれた者が民意であり、不満なら候補者を立てて選挙で自分を落とせばよいというのです。

痛いところを突かれたと思いました。

少数意見の尊重は民主主義の大切な理念ですが、何をもって「尊重」とするかは定かではありません。一方で、新聞は日ごろ「公正な選挙は民主主義の根幹」と訴えているのです。なのに、選挙の勝者が強いリーダーシップを発揮すると文句を言う。権力監視がマスコミの役割とはいえ、我ながらどうもスッキリしない。

選挙とは、政治とは何だろう。考えるほどに、だんだん選挙がキライになってきました。「選挙＝民主主義」だとすれば、我々が力を行使できるのはせいぜい数年に一度です。主権者とおだてられながら、なんと空《むな》しい存在でしょう。

そんなある日、近所のおしゃれな雑貨店でこんな貼り紙を見たのです。

「お買い物とは、どんな社会に一票を投じるかということ」

ハッとしました。買い物＝欲を満たす行為。ずっとそう思っていた。でも、確かにそれだけではありません。お金という対価を通じて、それを売る人、作る人を支持し、応援する行為でもある。ささやかな投票です。

選挙は大事です。でも選挙以外のこと、すなわち、一人一人が何を買い、日々をどう暮らし、何を食べ、どんな仕事をし、誰に感謝を伝え……ということは、もっともっと大事ではないか。逆に言えば、そうしたベースを大切にし尽くして初めて、意味のある選挙が行われるのではないか。投票しさえすれば、誰かがよい社会、よい暮らしを実現してくれるわけじゃない。

当たり前のことですが、どうもそこを忘れていたことに気づいたのです。

以来、「お金＝投票券」というつもりでお金を使っています。

例えば、私の愛する日本酒。私の好きな酒を造る人、そんな造り手の思いを消費者に届けようと奮闘する酒屋を支持する気合を込めてお金を払います。「がんばって」「応援してるよ」と心の中でつぶやいてみる。そうつぶやけない酒は（できるだけ）飲まない。この行動を、すべての買い物で実現しようとしています。

そう思うと、買い物って実に爽やかで豊かな行為です。買ったモノを楽しんで使うだけでなく、買うことが自分にとって心地よい世の中を作ることにつながっていく。お金の持つ可能性が何倍にも広がり、生きることが楽しくなりました。自分を支えてくれる人が幸せになって初めて、自分も幸せになれることにも気づかされました。私はひとりではなかったのです。

今や消費者というより、好きな働き手を支える投資家の気分です。日々闘いです。

先日、優しい老夫婦が切り盛りする、昔ながらの近所の手作り豆腐屋が店を閉めました。悔しいです。後継ぎがおらず、私が数百円払ってせっせと豆腐を買うだけでは力不足でした。ネットで全国の豆腐屋をもり立てる活動を起こすとか、もっとできることがあったのではと悩んでいます。そして、こんな豆腐屋さんが生き残っていけるような政治をのぞみたいのです。

私にできること。政治にできること。まずはそこからしっかり考える。そう決意を新たにする年の初めを過ごしています。

阪神大震災20年

分かり合えない傷の先に

【ザ・コラム2015年2月7日付】

あのとき神戸に住んでいた。今や市民の4割が震災を知らないという。どんな悲劇があっても、時は淡々と過ぎていく。

だがそれぞれの心の中では、凍り付き動かぬ時間もあるのではなかろうか。私にも、いくつかの忘れられない光景がある。

地震の翌日、大阪本社へ向かう電車が、何とか歩ける距離の駅まで部分開通した。一部損壊のマンションを出てガレキの町を放心状態で4時間歩き、電車の椅子にへたり込む。20分で梅田に到着だ。

いつもと変わらぬきらびやかな都会は、新春のファッションバーゲン真っ最中であった。それを見た瞬間、涙があふれた。

わずか20分の場所では街灯も消えコンビニひとつ開いていない。火災が起きても見守るだけ。流れぬトイレしかない極寒の体育館で、昨日まで普通に暮らしていた人々が身を寄せ合う。底知れぬ喪失に苦しむ町がすぐそこにあるのだ。なのに、なのに……何なのこの落差！　バーゲンだって？

出社して再び涙が出た。世紀の災害に編集局は大騒ぎ。昨日まで自分も同じことをしてきたのに、その活気が許せなかった。共に悲しんでくれる人が欲しかった。もちろん、そんなヒマ人は誰もいなかった。

情報のあふれる時代にあって、人とは何と分かり合えないものだろう。ほとんど口をきかず、毎日同じ服を着て、電話番しかできなかった日々を思い出す。

災害は人から多くのものを奪う。そして、人とのつながりも奪っていく。大切なものをなくしたからこそ人にすがりたいのに、それが実は何より難しい。

いまも災害が起きるたびに考える。被災者を苦しめるのは結局のところ、この孤独ではないだろうか。

そんな孤独と全身全力で向き合い続けた人がいる。看護師の黒田裕子さんだ。

兵庫県宝塚市立病院の副総看護師長として、地震直後から避難所へ押し寄せる遺体、けが人、病人のケアに追われた。仮設住宅で「孤独死」が出ていると知るや、被災者を支えるボランティアに転じる。

私が黒田さんと知り合ったのも、孤独死の取材がきっかけだった。おかっぱ頭でガハハと笑うエネルギッシュな人だった。

孤独死とは、単に一人で死ぬことではない。兵庫県で143人目の孤独死は餓死だった。元ガードマンの48歳。仕事を失って閉じこもり、訪問した市職員には「コメ買うんやったら酒のほうがいい」と話した。死の約20日後にみつかり、部屋にはビール缶と日本酒の瓶が散乱していた。

この男性だけではない。生きる——何のために？　誰のために？　つながりが失われれば死は想像以上にすぐそこにあった。仕事も家族も友人もなければ酒だけが味方だ。飲み過ぎても食事しなくても心配し叱る人はいない。「ウサギは寂しいと死ぬ」というが、寂しいと死ぬのはヒトである。

黒田さんは、そんな孤独と格闘した。仮設に住み、心を閉じた人の元へ拒絶されても何度も通い、不安や怒りに分け入ろうとした。いま困っている人がここにいる、そのことを分かろうとする自分が今ここにいることが大切なんだと話していた。国内外の被災地へも飛び、支援を繰り返した。

昨年9月、73歳で死去。最後の支援地となった宮城県気仙沼《けせんぬま》市の仮設住宅のことを最後まで気にかけ、一人一人の名を挙げ、血糖値は、仕事はと心配していたという。


冬の気仙沼を訪ねた。

100世帯以上が暮らす面瀬《おもせ》中学校仮設の集会所では、地元の看護師藤田アイ子さん(65)らが体操やお茶の会を開いている。いつでも愚痴をこぼし相談できる場が、全てを失った住民の心を支えている。

黒田さんは全国に講演へ飛び回る合間を縫って通ってきたという。「来られないときは毎晩、その日の訪問結果を電話で聞くんです。1時間以上かかることもしょっちゅう。本当にいつ寝ているのかと」

ずっと知りたかったことを尋ねてみた。なぜ黒田さんはそこまでしたのだろう。藤田さんは、しばらく考えてこう答えた。「阪神大震災の朝、勤め先の病院へかけつける途中で『助けて』という声を聞いたのに、まずは病院へと通り過ぎてしまった。そう話すたびに涙声でした」「つらさを抱えていたから、人の心に入っていったんじゃないでしょうか。黒田さんの震災体験を聞いて心を開いた方は大勢います。携帯に電話して、夜中に何時間も話をして」

すとんと落ちてくるものがあった。傷ついた人が、傷ついた人を支えるのだ。人はなかなか分かり合えない。でも分かり合えない傷を抱えているから、他人を支えようと思うことができる。神戸では今も、世界のどこかで災害が起きるたびに必ず救援募金が立ち上がる。そのことを、元神戸市民として誇りに思う。

改めて20年前、何の当ても約束もなく、全国から駆けつけてくれた100万人のボランティアのことを考えた。彼らも何らかの傷を抱えた人だったのではなかろうか。人はちゃんと助け合えるのだ。だって傷ついたことのない人などいないのだから。

寒さの正体

「ワンランク上」というワナ

【ザ・コラム2015年3月14日付】

やっとまぎれもない春がくる。このときを心から待ちわびてきた。原発事故以来、電気に頼らぬ生活とは何かが知りたくて、冷暖房を使わぬ暮らしをしているからだ。冷え症で、暑さより寒さに弱い。それなのにエアコンもコタツもホットカーペットも電気毛布も処分してしまった。世に寒がりは少なくないようで、事故から時が経《た》つにつれ「信じられない」「いつまでやってんの」と、あきれられるばかりである。

いつまでやるのかって？

たぶん、いつまでも。

強がりではない。いやまあそれもゼロとは言い切れないが、それればかりではない。つらくないか、なぜそんなに我慢できるのかと言われると、ちょっと違うのである。

何事もやってみるものだ。敵を攻略するには、まずは敵を知ること。私はついに見破ったのです。「寒さ」の正体を。

以前にも別のコラムで紹介したが、部屋が寒いという問題は案外あっさり解決した。昔ながらの「湯たんぽ」が万能暖房器具となったのである。太ももの上に載せ、ひざ掛けで腰から下をくるめば、これはもう持ち運べるプチコタツと認定できる。首や肩を覆うショールを巻けばほぼ完璧だ。

だが一つだけ、どうしても解決のつかない難題が残った。「風呂」である。

風呂は最高だ。特に冬のそれは極楽。寒い我が家では特に貴重な熱源となるはずだった。ところがこれが全く逆だったのだ。

入るときは、いい。多少のヤセ我慢の暮らしのなかで、熱い湯で心も体もゆるむ瞬間には強烈な幸せがある。問題は、出られなくなることだった。

ぬれた体で寒い脱衣所に出た時の身を切られる瞬間を思うと、幸せも帳消しの結末に心がなえる。つい長湯になり湯が冷めてくる→わかし直す→長湯→冷める→わかし直す→長湯→冷める……ああ無間地獄。

あれほど好きだった風呂が、気づけば苦行の場となっていた。どうしたものかと頭を抱え続けたある日、ハタと気づく。

苦痛の原因は「寒さ」そのものではないのではないか。「寒さ」と「暖かさ」の差が苦しみを生み出しているのではないか。

思い返せば暖房時代、エアコンをつけていてもコタツから出るのが寒くてイヤで、ずるずると潜り込んでは無理な姿勢で寝てしまう失敗を繰り返した。それはコタツがあまりにも暖かすぎて、幸せすぎたからだ。風呂も同じではなかろうか。

肩まで熱い湯につかる幸せを封じ、浅くてぬるい腰湯にした。上半身が寒いので長袖の下着を着たままという珍妙なスタイルだが、人様に見せるわけでなし、どうということはない。出るときもまた肝心。ほんのり温まった小さな幸せを壊さぬよう、まずは暖かい浴室の中で体を拭く。それから脱衣所へ出て素早くパジャマを着込む。

そう、風呂はもう極楽ではない。だが苦痛も消えた。そして冬は去った。

こうして大発見でもした気になっていたのだが、調べてみるとそれどころではなかった。この「寒暖差」の苦痛が、毎年多くの死者を出しているという。

風呂で倒れて救急車を呼ぶ人の多さに困惑した東京消防庁が実態調査を実施。最近の研究では、全国で年間1万7千人が寒暖差による「ヒートショック」に関連して急死している可能性があるとわかった。交通事故による死者の3倍である。

暖房を利かせると、暖かい部屋と寒い脱衣所の温度差が激しくなりジェットコースターのように血圧が乱高下する。あげく、脳梗塞《こうそく》を起こしたり、熱い風呂の中で失神したりする。日本特有の現象らしい。

住まいと健康の関係を研究する慶応大の伊香賀俊治教授は、暖房に頼る日本の家は体への負担が大きいと指摘している。理想は、どこにいても穏やかに暖かい家。断熱性を高め、日当たりなど自然の恵みを活用しようと提唱する。

北海道伊達《だて》市にこの理想を体現したモデルハウスがあると知り、行ってみた。地元で建設会社を営む小松幸雄さんは、厚さ25センチの壁など北の大地で培った高い断熱、蓄熱技術を武器に、太陽の恵みをとことん生かした「無暖房住宅」の実現を目指している。完成形ではないというが、厳冬期でも室温は15度以上というからすごい。

足を踏み入れた瞬間、不思議な感覚にとらわれた。暖房の暖かさと比べれば明らかに物足りない。なのに実にのびのび動ける。これで十分と割り切ってしまえば、どこへ移動しても失われるものがないからだ。差がないとはこれほど自由なものか。

考え込んでしまった。豊かさとは何なのだろう。

バブル期に青春時代を送った私は「ワンランク上」ということばに弱かった。人はそこそこの豊かさを手に入れてもなお、差をつけることで更なる豊かさを追求したいのだ。差がなければ豊かさを実感できないのかもしれない。冷暖房だってそう。温度差をつけて、豊かさをかみしめる。で、その差は本当に幸せをもたらしたのか。

私たちは一体何を求めてきたのだろう。

アンプラグド

冷蔵庫が導く仏の境地

【ザ・コラム2015年4月16日付】

ついに冷蔵庫の電源を抜いた。

毎度、節電の話で申し訳ない。しかしこれは、やはり書かずにはいられない。原発事故の後、様々な家電製品を手放してきたが、これほど暮らしに打撃を与えたものはなかったからだ。

いや、「暮らしに打撃」というより「人生に打撃」といってもいい。半世紀にわたり積み上げてきたつもりの人生観が、あっというまに崩れてしまったのだ。

ちなみに、節電派でも冷蔵庫にまで手を出す人は少ないだろう。私もここまでやるつもりはなかった。なぜ、このような「暴挙」に出たかを少し説明せねばなるまい。

昨秋、転勤に伴い神戸から東京へ引っ越した。新しい住居がまさかのオール電化マンション！　言い訳をすると、実際に引っ越すまでそうとは知らなかったのだ。ご時勢ゆえか、仲介業者から説明は全くなかった。にしてもうかつ。一生の不覚である。

神戸では月に千円以下まで極めていた電気代が一気に3千円を超えた。エアコンも掃除機も電子レンジもないのに、煮炊きや風呂の湯沸かしに要する電気がスゴイ。

悪いのは電力会社ばかりではなかろう。こんな家を「便利」「ガス代が節約できる」と、せっせと売り買いしていたのだ。それを原発が支えた。これが我々の自画像である。ならば逃げるわけにはいかない。ヨシやってやろうじゃない「オール電化住宅における節電」ってやつを。

ターゲットはもう、一つしかなかった。

たちまち困ったのは、ご飯の冷凍ができないことである。私、毎日弁当を持参する「自炊派」。仕事との両立の要が、ご飯のまとめ炊きによる冷凍保存だった。

毎回炊くのは負担が大きいし、そもそも電気で炊くのだから本末転倒である。熟考のすえ「おひつ」を購入。これが想像以上の優れものであった。日が経つと、ご飯が次第に乾く。つまり腐らない。図に乗って1週間保存したらカチカチになった。おお、侍が持ち歩いた干飯《ほしいい》とはこれか。硬くて食べられぬが、ナニ粥《かゆ》にすればよい。

作り置きのおかずは寒いベランダで保存。さらに残った食材はせっせと干し、漬けた。まるで農家だ。なかなか楽しいと喜んでいたら、世の中やはり甘くなかった。冷蔵庫感覚でほったらかしていると、春が近づくにつれ、気づけば干し野菜はかび、おかずからは異臭が漂ってくる。冷蔵庫の威力おそるべし。

もはや買い物を減らすしかなかった。

今日明日に食べきれるものを買う。となると、ほとんど何も買えない。ニンジンとキャベツと油揚げを買ったら既に2日では食べきれぬ。帰宅途中にスーパーを1周しても、家で待つ食材の顔を思い出しそのまま退出する日が続く。欲しいから買うなどという娯楽は許されないのである。

冷蔵庫とは、時を止める装置であった。まずはいろいろ買い、とりあえず冷蔵庫。「いつか」の箱といってもいい。今は使わないが、いつか使う（かも）。冷蔵庫には将来の可能性がいっぱい詰まっている。

私は、その可能性を捨てたのだ。残ったのは、ちっぽけな自分だった。私が生きていくのに必要なものは、意外なほど「ちょっと」しかなかったのである。

見渡せば、私の周囲は「いつか」の夢でいっぱいだ。いつか着る服。いつか読む本。いつか行きたい場所。いつかに思いを巡らせ、思うにまかせぬ今を慰めてきた。気づけば夢や欲望は際限なく広がり、今度は何もかもが足りなく思えてくる。

だが、いつかっていつだ？ 人生はしょせん、今日の積み重ねである。

きょう必要なものだけを買う暮らしは、実のところかなりつまらない。夢も希望もなかりけり。しかし生きるとは、しょせんこの程度のことなのだ。

人間の苦しみの根源をみつめつづけた仏陀《ぶっだ》も「今、ここを生きよ」と言っている。人はたえず過去を後悔し、未来に心を悩ませる。だが、過去も未来もしょせんコントロールできないものだ。そんなことに悩んでいるから人生は苦しい。そんなヒマがあったら、今を真剣に生きよ。

いつのまにか、仏の境地に近づいている私である。

続アンプラグド

この世は親切に満ちている

【ザ・コラム2015年5月28日付】

前回、節電のため冷蔵庫のプラグを抜いた体験を書いたところ、テレビに出ませんかというお話を頂いた。大好きな高野山からの中継と聞き、釣られてノコノコでかけた私が浅はかであった。

想像をはるかに超える反響。中でも予想外の反発にたじろぐ。「お前は電車に乗らないのか」「電気なしでは工場も動かぬ」「高齢者にも節電を強いるのか」

週刊誌からも取材がきた。尋問のごとく数時間で答えよと迫る某誌の質問状にも全力で答えたつもりだが、バカ、偉そう、さんざんな書かれようである。

いやはやテレビに出る人を尊敬します。皆さん心が強い！　私1回で折れました。

それにしても、節電生活を伝えることが批判の的となることに驚く。血が上った頭を冷やし、そのわけを考えた。

もしや「恐れ」ではないか。電気の否定は豊かさの否定につながる。貧しさの強要。そう受け取られたのではないか。


改めて、我が家で使わなくなった家電製品を振り返ってみた。炊飯器、電子レンジ、冷蔵庫、ドライヤー、掃除機、洗濯機……社会人になり一人暮らしを始めたとき「これがなくては暮らせない」と、引っ越し当日に買いそろえたものばかりだ。

私とて、一つとして手放す気はなかった。それがなぜこんな地点まで来たのか。

転機は掃除機との別離だったと思う。大震災前のことだが、エコ生活を始めた友人が「掃除機を捨てた。ほうきで十分」と言う。ウソでしょと思ったがまあ試してみることに。すると何ということか。私、まさかの掃除大好き人間になったのである。

元々掃除は苦手。母に「きれいにしなさい」と何度叱られても面倒で、汚部屋から卒業できぬまま中年になった。それが今や、美しい江戸箒《ほうき》でシャッシャと床をはくのが毎朝の心落ち着く習慣である。軽い。すぐ出せる。音がきれい。で、部屋もきれい。すばらしい。私は掃除が嫌いだったのではなく、重くコードがからまり騒音をたてる掃除機が苦手だったのだと気づく。

「手放す」ことは、貧しく不便なのか。これでわからなくなった。

電子レンジは蒸し器でOK。ご飯も鍋でなんとか炊ける。アフロは自然乾燥。洗濯も風呂で日々手洗いすればよい。むしろ湯を使うので驚きの白さだ。

実は私、「家電の子」である。父は家電会社の営業マン。狭い我が家にも最新式家電はいち早く導入され、友達がカラーテレビを見に来て誇らしかった。電子レンジの展示会では熱いおしぼりに感動した。手に入れる幸せをかみしめて育った。

だが手放したあとにも幸せがあった。ご飯をふっくら炊く手順、効果的なつけ置き洗いの方法を探る日々は、自分の中に眠っていた力が生き生きと動き出す刺激に満ちている。これって、行き詰まりがちな人生を救うイノベーションではないか。

考えてみれば、便利なものを手に入れるとは、自ら考え工夫する機会を失うことでもある。得ることも失うことも結局は同じなのだ。なのに「あったら便利」に執着し、「ないと不安」とおびえていた。

生きるとは、これほど自由で身軽なものか。それが今の正直な思いである。

ところで、冷蔵庫のない暮らしは今も続行中。買った物はその日に食べる覚悟さえ決めれば案外どうということはない。

問題は、たくさん作らないとおいしくない煮物。好物なのでこれは痛い。昔の人はどうしていたのかと、時代劇を見てピンときた。お裾分けだ。子どもの頃、おかずを作り過ぎたと隣の人が総菜を持ってきた。あれは冷蔵庫がないころの名残であろう。プラグで接続されていなかった時代、人はつながりとやりくりで支え合ったのだ。

確かに、節電生活は世の情けなしには成り立たぬ。スーパーは我が家のかわりに冷蔵庫で食材を保存してくれている。暑さ寒さが厳しい日はカフェへ。銭湯へ行くのも習慣になった。近所全体が私の家なのだ。気づけばカフェ店主と世間話を楽しみ、銭湯では常連のおばあちゃんに「若い人は肌がきれいねえ」と言われて喜んでいる。

世の中は案外親切に満ちている。プラグを抜いて初めて気づいたことである。

親の老い

生きる勇気がそこにある

【ザ・コラム2015年7月2日付】

毎週末、両親の家へ通う暮らしを始めて1年あまりになる。

突然の母の変調が始まりだった。夫婦でてかけた旅行で貸自転車に乗り転倒。痛みとショックでみるみるやせた。気力も失《う》せ、記憶は乱れ、一日中横になっている。

自分の親だけはいつまでも元気と決めてかかっていた。一体なぜこんなことに……答えの出ぬ問いが頭をぐるぐる巡る。

心に突き刺さったのは、気丈な母から思いがけず噴き出した孤独への不安だった。回復したら、社交的な父が再び外出がちになると恐れた。「ひとりでやっていく自信がない」と繰り返し訴え、涙を流した。

28年前に就職した私は四国の支局へ赴任。心細くて母とよく長電話した。夏休みと正月は飛んで帰った。だが新生活に慣れると電話はとだえ、忙しいからと帰省も正月の数日だけになった。その正月を母は本当に楽しみにしていた。毎年同じおせちを何日もかけてこしらえ、私の顔を見ると必ず「今年は失敗した」とこぼし、「おいしいよ」と言うとうれしそうに笑った。

笑顔の向こうにあった寂しさを思う。

高度成長期を駆け抜けた両親。父は会社に生きがいを求め連日の残業で帰宅は常に夜中だった。母は子育て一筋。勉強に手抜きは許さず優しくも厳しい人であった。

そして子は独立、父も定年に。その後の2人に共通の話題はどれだけあったろう。

都会へ出て懸命に働き、日本の経済成長を支えた世代がいっせいに老いている。急増する高齢者のうち夫婦または単身世帯の割合も年々増え、ついに5割を超えた。支える金も人も足りぬと大騒ぎの昨今。しかし、彼らの抱える孤独にもっと目を向けるべきではなかろうか。

そう思ったのは、静岡市で認知症予防のデイサービスを営む増田末知子さんのことを知ったからだ。増田さんは、急増する認知症を「寂しい病」と呼ぶのである。

病院の総婦長をしていた20年前、交通事故の治療を終えた認知症患者の引き取りを拒否されたことを機に、妄想や徘徊《はいかい》を繰り返す高齢者と寝起きを共にして機能回復訓練に取り組んだ。そのとき出会った80代の女性に「胸の中をピューピュー風が吹いている」と言われ、ハッとした。

老いればできないことが増え、「自分は用のない人間」と生きる気力をなくしがちだ。急な時代の変化、疎遠な家族関係も拍車をかける。うずくまった頭と心は次第に働きを止めていくのではないか。

以来「優しさを伝えること」に心を砕く。共にすごし、話し、聞く。触れる。ほめる。感謝する。すると塞いで表情を失った人も満面の笑みを浮かべる瞬間がくる。「人は自分に目を向けてもらったと感じたとき、生きる力を取り戻すんです」

私は優しくなれるだろうか。

愛媛県西条市職員の近藤誠さんの講演にも教えられた。亡き父がボケの不安と悲しみに一人死にものぐるいで闘っていたことを残されたノートで知り、老いの孤独を伝えたいと全国を回る。「大事なのは本人を認め、ともに歩んでいくこと」「私は自分の都合ばかりでした。自分を認めさせようとして、本人を追い詰めていた」

自分を認めさせようとする――それは私だ。競争社会では、そうしなければ負けてしまう。役に立つ相手は認めても、そうでなければ切り捨てて生きている。気づけば私も孤独である。孤独が孤独を呼び、ツケとなり返ってきたのか。

母は幸い、少しずつ元気を取り戻している。父が外出を減らす決断をしたことにホッとしたのだろう。外出や料理もできるようになったのは父の優しさの力だ。だが時は止められない。手が震える。息苦しい。後ろ向きな嘆きの絶えぬ母にイライラする優しくない私がいる。

悩みつつ再び実家へ向かうと母が迎えてくれた。体調が悪いといつもの愚痴。それでも私の料理が楽しみだと何度も言い、ムリして食べようとする。

私を元気づけようとしているのだ。

優しいのは母なのである。人は老いても、できないことが多くなっても、誰かを励ますことができる。そう思うと生きる勇気がわいてくる。親の教えは永遠である。

原発と私

見えているのに見ていない

【ザ・コラム2015年8月6日付】

あの原発事故から53カ月。かけがえのない土地を、仕事を、家族を、仲間を根こそぎ奪われた幾多の人生をさらりと置き去りにして、川内《せんだい》原発が再稼働する。

確かに事故後、設備のチェックは厳しくなった。でもそれは安全の保証ではない。「想定外」はいつだって起こりうるし、その代償は誰も把握できないほど悲しく巨大だ。その事実をなぜ政府は真剣に受け止めようとしないのか。そしてその政府を許している国民って何なんだとジタバタ怒っていたとき、偶然、ある映画の試写を見た。

頭を殴られた気がした。

タイトルは「天空の蜂」。原作はベストセラー作家の東野圭吾氏。原発を標的としたテロをめぐるアクション大作である。

驚いたのは、使用済み核燃料プールの脆弱《ぜいじゃく》性、安全神話という虚構、交付金をエサに過疎地に原発を押しつける残酷な構図など、福島の事故後に知れ渡った原発の問題点が、すべてあますところなく克明に作品の中に提示されていたことだ。

原作が書かれたのは20年も前である。

東野氏はこの作品について、自らこんな解説をしている。構想から5年かけて、いっぱい取材し、勉強した。本当に自信作だった。だがまるで無反応だった。明らかにわざと黙殺されたなと思った――。

「わざと黙殺」した誰か。それはいったい何を指すのだろう。

私が初めて原発と向き合ったのは27年前。高松支局員だったときである。

四国電力の伊方《いかた》原発で「出力調整試験」が行われた。原発は昼夜問わず同量の電気を発電し続けるので、夜の電気が余る。効率を高めるため、出力を上下する試験が行われたのだ。

反原発派は「危険だ」と反発。試験当日、高松の四電本社に全国から数千人が集結してどんちゃんとデモを繰り広げた。学生運動の経験のある先輩記者は「デモなんてひさびさだよ」と興奮しきりだったが、突然現れたヒッピーのような異形の集団に、地元民の目は冷たかった。「急に外から来ていろいろ言われても、ねえ」

私も正直うんざりであった。りがないし、そもそも原発なくして今の暮らしは成り立たぬ――それが当時の空気だった。反原発は一部の人の非現実的な主張であり、イケてないニュースだったのだ。

デモの記事をやっつけで出した後は警察回りに復帰。刑事の家へ朝晩押しかけ、隠された事件はないかと懸命に探る。それが特ダネ競争であり自分の評価を高める道だった。原発の抱える矛盾についてはその後も何一つ調べようとしなかった。隠されていない資料は山ほどあったのに。

国のどこに原発が何基あるかも知らぬまま、福島の事故を迎えたのである。目の前に大事なことがあっても、ヒントを与えられても、空気を読みうまく立ち回ろうとする濁った目には何も映らない。

「原子力村」ということばがある。原発という国家的大事業が生みだす利益にぶら下がる集団。安全神話をつくり、結果的に今回の事故を引き起こした人たち。東野さんは本の存在を黙殺した存在として、この村をイメージしていたかもしれない。

ならば、私も原子力村の村民ではなかったか。安全神話をいいことに、原発を押しつけられる人の悲しみにも矛盾にも目を向けず、電気の便利さに当たり前につかり、あふれる警告をバカにし続けた。

東野氏の渾身《こんしん》の作品を黙殺した集団のなかに、私もいたのである。


ずっと気になっている言葉がある。

去年、事故現場から半径約10キロのまちを見た。時が止まったまま音もなく朽ちていく人気のない街並みが恐ろしく、豊かさの途方もない代償に胸が苦しくなる。案内してくれた地元の人に思わず口走った。これだけの事故を忘れたように原発を動かそうとする日本を許せますか。

その人はしばらく沈黙した後、ぽつりと言った。「みんなが変わらなかったら、何も変わらないいんじゃないですか」

私は変われるだろうか。時流に流されず空気におもねらず、見るべきものを見て言うべきことを言えるだろうか。

あれから1年

寂しさを抱きしめて

【ザ・コラム2015年9月10日付】

今回、とてもうまく書く自信がありません。でもとにかく一生懸命書きます。

私、朝日新聞を退社することになりました。このコラムも今回が最後になります。記念のためですが、理由は会社への不満などではありません。人生の後半戦をどう過ごすか、自分なりに考えた結果なのです。

得ること、拡大することばかりを考えて生きてきました。でも平均寿命の半分を過ぎたころから、来たるべき死に向かい、閉じていくこと、手放すことを身につけねばと思うようになりました。大変なギアチェンジです。そのための助走として会社員人生に50歳で区切りをつけ、もがきつつ再出発したいとずっと考えてきました。

そろそろ実行に移そうとしていたとき、思いがけずこのコラムを担当することになったのです。スタートはちょうど1年前。あのときを思い出すと、今も呼吸が浅くなり、胸が苦しくなる自分がいます。

朝日新聞は二つの大きな誤りを認め、その姿勢を批判するコラム掲載を拒んだことも明らかにしました。なぜそうなったかは考え続けねばなりませんが、世間にどう見られているかは明らかでした。「自分たちが正しいと思うことを主張するためには、事実を曲げることもいとわないのか」

口をぱくぱく動かしても言葉が出てこなくなりました。信用のない人間が書くもっともらしいことなど誰が読むでしょう。お前何様やという声が聞こえてきます。奇策しかありませんでした。「自分のことを書く」。アフロにしたら突然モテ始めたというバカバカしい実話をつづりました。それこそ「お前誰やねん」という内容ですが、自分を笑うなら許されるかもと思ったのです。原稿を出したのは締め切り直前。編集長は驚き困っていたけれど「時間がない」と押し通しました。ゴメンナサイ。でも私がいちばん不安でした。

結果は思いもかけないことでした。

「元気が出た」とメールや手紙が大量に来たのです。闇の中、その声だけが灯台でした。その後も自分のことを書きました。薄っぺらい我が身をさらす恐ろしさ。批判もありました。でも世の中のことであっても「だれかのこと」でなく「自分のこと」として、せめて泣きたくなるような実感をつづらねば相手にしてもらえないと追い詰められた気持ちだったのです。

振り返れば、わからないということ、だから悩むのだということ、苦しいが生きていかねばならないということ——そんなことばかり書いてきた気がします。そのたびに多くの感想を頂きました。悩みや体験がつづられた一つ一つの文章に人生がありました。何度も読み返しました。

28年の記者生活でこれほどの反響を頂いたことはありません。一体なぜなのか。もしかして、私はマスコミにいながらコミュニケーションをしてこなかったのかもしれない。新聞とは正しいことをキチンと書いて伝えるものだと思ってきました。でもそうしてがんばって書いた記事の反響は驚くほど少なかったのです。わずかな反響は苦情と訂正要求。「正しいこと」には別の「正しいこと」が返ってくる。それは果たしてコミュニケーションだったのか。

自分のこととして世の中を見たこの1年、痛感したのは何が正しいかなんてわからないということです。皆その中を悩みながら生きている。だから苦しさを共有するコミュニケーションが必要なのです。なのに分からないのに分かったような図式に当てはめて、もっともらしい記事を書いてこなかったか。不完全でいい、肝心なのは心底悩み苦しむことではなかったか。

そして、新聞は誰に読まれているのかを初めてリアルに見た1年でもありました。路上で、電車で、店で、山で「朝日新聞の人？」と声をかけてくれた方は中学生からお年寄りまで泣けてくるほど多彩でした。人々が分断され攻撃的な言葉をあびせあう今、これほど広い人に読まれる新聞は奇跡です。ああそこから離れる寂しさよ！

人生はいつも、失うときに初めて肝心なことに気づくものなのかもしれません。

でも、寂しさを抱きしめて生きていこうと思います。寂しいから人はひかれ合う。きっと新たな出会いがあると信じて。

第**2**章

朝日新聞「社説余滴」&「葦《あし》」の言葉

【2013年7月〜2014年8月@論説委員】

第2章のはじめに

この一連のコラムは2013年4月から2014年の8月にかけて、論説委員として「社説」と苦闘する傍《かたわ》らで書いたものです。

社説を書くのは本当に苦しい作業でした。何より悩んだのは、「自分の意見を書く」とはどういうことかということでした。百人いれば百の意見がある。すべてがその人にとっては「正しい」のです。その中であえて自分の拙《つたな》い意見を表明することの意味はどこにあるのか。

答えが出たわけではありません。でもこれだけは守ろうと思ったことが二つ。

一つは、意見を言うことを怖がらないということです。

怖いんですもちろん。でも口を開くべきところで黙ることを選択してはならない。未熟な意見でも一生懸命言う。批判や反論は当然。それを聞いた上でまた意見を立て直せば良いのです。社説とは正しい意見を押し付けるものではなく、その大きな循環の中の一つであるべきなんじゃないか、皆が意見を言える社会の導火線となることなんじゃないか。

そしてもう一つは、どんなに拙い意見であっても、自分が心から納得できることを発信したいと思いました。意見を言うことは常に、誰かを傷つける可能性をはらんでいます。それを発信する以上は、どこかで聞いたような借り物の意見を偉そうに表明するということはしてはいけないと思った。

そして、その「心から納得できること」はどこから出てくるのか。

私がしがみつくように拠《よ》り所にしたのは、自分の日々の暮らしでした。寝る。起きる。食べる。家事をする。仕事をする。その総体が「人生」です。その人生を生き切ろうとする小さな努力が、大きな意見への道標でした。

その「小さな努力」を綴ったのがここに収録した2種類のコラムです。

最初の3編が「社説余滴」で、社説と同じオピニオン面（全国版）に掲載。後半の16編が、大阪本社発行の夕刊に掲載した「葦」です。

このコラムを書くことで、社説を書く勇気を振り絞ることができた気がします。

「電気さん、ありがとう」

【社説余滴２０１３年7月11日付】

夏本番を前に、節電を呼びかける社説を書いた。がまんしない節電の方法もある。脱原発社会に向け、一人ひとりができることは大きいと伝えたかった。かくいう私もあの日以来、「誰でもできる個人的脱原発計画」を進行中である。

私が電気を購入する関西電力の原発依存度は約5割だった。もし全ての関電ユーザーが消費電力を半減すれば、その時点で原発は不要だ。子供じみた発想だが、まずは自分が挑戦してみようと思った。

あのころ、何かしなければ耐えられなかった。朝、テレビをつけるときの恐怖。日本が、いや地球そのものがダメになってしまうのではと足元がぐらついていた。

震災前、月の電気代は2千円台だった。そして今、千円を超える月はない。最低記録は702円。独身ならではの数字だが、大成功だ。

もともと掃除機もなく雑巾で床を拭くような生活だったので、文字通り「乾いた雑巾を絞る」ような工夫と、思い切った発想の転換を重ねた。その涙ぐましい過程は軽く一冊の本となるだろう。なので、二つだけお伝えする。

一つ。社説では「がまんしない節電」を薦めたが、実はがまんこそ面白い。例えば、我が家の暖房は火鉢である。驚くほど手間がかかり、しかも全く暖かくない。だが凍える朝、必死に炭をおこす期待感と、火がついたときの喜びといったらない。これって、むかし学校で習った清少納言の世界?

安倍首相、私、日本を取り戻しました!と言いたい。

それはさておき、当たり前に享受してきたことを一つずつ見直す作業は、さびついた脳を取り出してホコリを取っていく快感であり、何かに依存しなくても生きていけると知ることだ。

人は案外強い。それは自民党が言う強靭化《きょうじん》のような強さではなく、風になびいて元に戻る柳のような強さである。

もう一つ。徹底した節電で気づかされたのは、むしろ「電気の偉大さ」だった。

夜はほとんど暗闇で過ごしている。手探りではどうにも無理というときだけ電気をパチッとつける。その明るさ！　心から「電気さん、ありがとう」と思う。このすばらしい電気を作るため汗を流す人に、心から感謝したい。

電気は「安価に使える当たり前の道具」ではなく、「すばらしい貴重品」。そう考えるところから出発したい。

「客力」を身につけるには

【社説余滴2013年11月28日付】

メニューの「偽装」発覚騒ぎがおさまらない。有名どころのホテルやデパートの名前は出尽くす勢いだ。

ここまでかかわった人間が多いと、加害者と被害者を分けるのもどうかと思えてくる。業界ではブラックタイガーを車エビと名づけるのは常識だったわけだ。そのくらいは許されるし、どうせ客にもわかりゃしないと。で、実際に誰もわからなかった。

誰でもおいしいものを食べたい。そのための情報はネットにも雑誌にもあふれている。でも一皮むけば中身はぽっかりと空洞であった。そんな脱力感を、味覚を鍛え「客力」で偽装に対抗しようと呼びかける社説にぶつけた。

身近な話題だけに、多くの反響を頂いた。目立ったのが「具体的にどう客力を身につけるのか」「もっともらしいが現実味がない」という疑問や批判である。

断っておくが、車エビとブラックタイガーの違いは私にもわからないと思う。というより、今となっては人生で車エビを食べたことがあるかどうかも怪しい。でもエビフライ（名古屋人である）もエビ天もおいしく頂いてきた。あれがブラックタイガーだったなら、「ブラックタイガー大好きだ！」と、偽名を強要された彼に言ってあげたい。

人間だってAさんにはAさん、BさんにはBさんのよさがある。大事なのはどちらが上かではなく、それぞれのよさをどう生かすかだろう。

私たちは生き物を食べて生きている。ものを食べるとは、生き物同士の出会いといっていい。そう考えれば、名前やブランドなどあまりにちっぽけな話ではないか。

私が勧めるのは、たまにでいいから、物を食べるとき「食べること」だけに集中することだ。テレビも見ない。会話もしない。考え事もなし。ひたすら味わいをかみしめる。できれば40回かむ。

これは相当に大変だ。すぐ手持ちぶさたになり、思考は別の場所へ飛んでいく。いかに自分が「食べている」ようで何も味わっていなかったか痛感させられる。

私はあるきっかけでこれを実践し、大好きだった「ごちそう」に興味がなくなった。かむことが大変すぎて、ごちそうかどうかにまで気が回らなくなったのだ。微妙に味が変化するのを楽しめるのは玄米の硬い飯だったりする。実にカネがかからない。

ぜいたくとは何だろうと思う今日このごろである。

やみつき「暖房ゼロ生活」

【社説余滴2014年1月23日付】

列島はいま、震災後初の原発ゼロの冬。私にとっては節電を機に「暖房ゼロ生活」を始めて3度目の冬である。

エアコンをつけないのはもちろんコタツも電気毛布もない。知人には「凍死するよ」と心配され、離れて暮らす親も気が気ではないようだ。

もともと、寒さはめっぽう苦手である。子どものころ冷たい布団に入るとガタガタ震えて眠れず、電気毛布が売り出されたときは何と偉大な発明かと心から感動した。夏はめったにつけないエアコンも冬はぜいたくに使い、温風に豊かさをかみしめていた。

だから今の生活は、自分でも信じられない。案外あっさりと、寒さをしのぐ方法をみつけてしまったのだ。

秘密兵器は「湯たんぽ」である。太ももの上に置き、大きいひざかけをかける。これだけで十分暖かい。寝る前には湯たんぽを布団の腰の位置に入れておき、布団に入るとき足元に移す。朝までぬくぬくだ。電気毛布よりずっと前に、人類はこんな偉大な発明をしていたのである。

部屋は冷たい。息が白いこともある。でも自分が温かければ案外どうってことない。

不思議なのは、こんな暮らしを始めてから、あれほど苦手だった寒さがむしろ気にならなくなったことだ。

暖房に頼っていたころ、寒さは全面的に排除すべき敵であった。暖房をやめると、その敵と共存しなくてはいけない。そうなると、敵の中になんとか「よいところ」を見つけるしかない。それはたとえば、こんなことだ。

寒い外から首をすくめて帰宅すると、誰もいない家でも少しだけ暖かい。この小さな幸せを胸に台所へ向かい、湯を沸かす。火と蒸気でまた少し暖かくなる。錫《すず》のチロリに日本酒を満たし、湯で燗《かん》をつける。十分熱くなったところでぽってりとした猪口《ちょこ》に注ぎ、そっと口をつける。

このうまさといったら！　暖房の利いた部屋で、これほどの幸福は味わえまい。

私たちは経済成長とともに「ある」幸せを求めてきた。金がある。電気がある。暖房がある。ああ幸せ！　それに慣れると「ない」ことを恐れるようになる。でも実は、「ない」中にも小さな幸せは無限に隠れているのだ。

そう気づいたとき、恐れは去り、何とも言えぬ自由な気持ちがわき上がってくる。

まあ早く春が来て欲しいですけどね。その待ち遠しさもまた、いとおかし。

乾杯条例で日本酒よみがえる？

【葦２０１４年1月30日付】

乾杯は日本酒で。京都市が先駆けたそんな条例が、酒どころを自称する全国の自治体に広がっているらしい。京都の知人に聞くと「確かに、当たり前に日本酒で乾杯する会合が増えましたなあ」。少数派の悲哀をかみしめてきた日本酒ファンとしては一瞬、喜ばしい気持ちになる。

だが、ちょいと待てよ。そもそも日本酒の消費低迷の原因は、もうけ主義に走ったメーカーが醸造アルコールをじゃぶじゃぶ混ぜた「三増酒」を量産し、ベタベタする、悪酔いすると消費者に見放されたことにある。だとすれば、反省を肝に銘じてホンモノのうまい酒を地道に造ることこそ復権の王道だろう。

条例で特別扱いしてもらうことが本当に業界のためになるのか。

乾杯と言えば、世間では「とりあえずビール」である。とりあえずとはビールに失礼な気もするが、ビールを嫌いな人は少ないし、悪酔いもしない。どんな料理にも合う。だから「とりあえず」なのだろう。そう考えると、なかなかに深い言葉だ。

「とりあえず日本酒！」。条例などなくともそう言われる日を、業界にはぜひ目指してほしいと思う。

しなやかな老人力に驚く

【華2014年2月13日付】

節電のため暖房のない生活をしているという記事を書いたところ、多数の手紙を頂き驚いた。というのも大半が「私もやってます」という内容だったからだ。

送り主の多くは、寒さに弱いはずのお年寄り。しかも東北など寒さ厳しい地域の人が少なくない。しかもしかも、震災を機に始めた私なんぞと違い、以前からずっとそうしているというのだ。

その工夫がまた楽しそうなものばかり。63歳の女性は、寝るときタオルを頬かぶりするのがコツと、イラストつきで教えてくれた。72歳の男性は「寝床ではネコで暖を取ってます」。74歳の男性は、秋口から薄着を心がけ徐々に体を寒さに慣らしていくらしい。で、皆さん口をそろえて「冬は寒いもの」「昔はこういう暮らしが当たり前でした」。

同世代や若い友人に「暖房がない」と言うと、興味を示しながらも「信じられない」と驚愕《きょうがく》し、「一人暮らしだから出来るんだよ」という結論で終わる。だからこんなヘンなことしてるのは私だけかと思ったらとんでもなかった。

お年寄りの強さと柔らかくしなやかな発想に、改めて日本人の奥深さを知る。

湖北のスノーハイキング

【葦2014年2月27日付】

先週末、滋賀県の湖北地方の小さな山で、雪山ハイキングに参加した。参加者は、県内外から若い女性を中心に14人。夏は地元で農業をしているというガイドさんを先頭に、初めてのスノーシューをはき、白い坂を踏みしめながら登っていく。頂上では雪を掘って作ったテーブルで、地元の食材を使った特製弁当と、アルミ鍋で温めた郷土食「打ち豆汁」を夢中でかきこむ。帰路は急斜面をお尻で滑り降り、雪まみれで大笑い。オバサンにも夢のようなひとときである。

企画したのは、地元で暮らす若者らのグループだ。参加者のうち何と5人がスタッフで、これはどう考えても金もうけにはなるまい。でも彼ら自身が誰よりも雪山と交流を目いっぱい楽しんでいる。弁当の説明では、作ってくれた地元のおばちゃんたちの元気自慢がこれまた熱い。なんだかうらやましいのである。

グループの目標は、地元の資源を再発見し、楽しく暮らしやすい生活環境をデザインすること。世間では、地方は疲弊しているという。人が少ない、金がない、物がない、娯楽がない。人も金も物も娯楽もある都会の自分を振り返る。

原発事故の加害者は誰か

【葦2014年3月13日付】

日本中を震撼《しんかん》させた福島第一原発の爆発から3年。今も立ち入りが制限されている浪江町の中心へ行き、息をのんだ。すべてがあの日のままの無人のまち。生命を拒むような、異様な静けさ。

だが、事故などなかったかのように「早く再稼働を」と主張する人が目立ってきた。「燃料の輸入で国富が流出する」「電気代が上がり日本経済にマイナス」などの理由だ。

確かにそういう面もあるだろう。だがどうしても気になることがあった。原発事故でふるさとを損なわれた人は、こうした議論をどう聞いているのだろう。

話を聞く機会があった。みな「うーん」と考え込んだ。「まだ時が止まってっから」「復興のスタートにも立ってないのに忘れられたら困るっていうのはある」。答えにくそうだ。食い下がると、一人がぽつんと言った。

「結局さ、みんなが変わんなかったら、何も変わんねえんじゃねえの」

ハッとした。被害者がいれば加害者がいる。原発事故の加害者は誰なのか。電力会社か、国か、それとも、深く考えることなく電気を使ってきた私たちか。

不発だった大阪市長選に思う

【葦２０１４年３月27日付】

「大阪都構想」を前に進めるか否かをめぐって橋下徹市長が仕掛けた大阪市長選挙は、不発に終わった。

史上最低の投票率のわけは、野党の不戦敗戦略など様々にあるだろう。でも根っこの原因は、橋下さんが「僕は大阪のために絶対やるべきだとおもう」という都構想にかける思いの熱さが、市民感覚と落差があったからだと思う。

都構想に対しては「実現したら大阪がどうよくなるのか分からない」という批判が多い。確かにここがもっとスカッと描けていたら、違う結果だったろう。

ただ、低迷する大阪を再生するのはたいへんな難題だ。大阪府市を再編する都構想は、いわば売り上げが激減した会社のリストラにすぎない。リストラ後の売り上げが伸びるかは別問題である。

橋下さんに任せれば何とかしてくれるくらいなら、これほど大阪は苦しんでいない。「大阪がどうよくなるのか」ではなく、「大阪をどうよくするのか」を市民全員が必死に考えなければ、どうにもならないのではないか。

東京にもＮＹにもない大阪のよさはたくさんある。復活は夢じゃないはずだ。

なくすと取り戻せないもの

【葦2014年4月10日付】

関西に縁もゆかりもなかった私が転勤で大阪へやって来たのは25年近く前のこと。梅田駅を降りた20代の私に強烈な印象を残したのは、華やかなデパートのブランド街ではなく、その隣の通路に当たり前にたたずむ立ち飲み屋であった。

昼間っからオッチャンたちがビールや串カツをたしなみ、ササッと出ていく。か、かっこいい……。

時はバブル。お金を稼ぎ高級品を手に入れることが皆の認めるステータスだった。もちろん私もその中で踊っていた。

でもその店には、お金を持っているだけでは入れないたたずまいがあった。本当の意味でオトナにならなければ入っていけないと思った。いつか自然にパッとのれんを分けて入っていける女になりたい。そんな憧れの場所が再開発の波にのまれ立ち退《の》きを迫られているという。

時代の流れといえばそれまで。でも、都市の魅力は開発だけで作れるものだろうか。様々な人を当たり前に抱擁する懐の深さは、大阪という都市にしかないかけがえのない魅力だと思うのだが。

なくしたら取り戻せないものもある。大阪はどこへ向かうのだろう。

東京も酔った「ナニワ発」

【葦2014年4月24日付】


関西の日本酒ファンのあいだではすっかり有名になったイベント「上方日本酒ワールド」が今年も5月5日、大阪天満宮の境内で開かれる。

日本酒を愛する飲食店が集結し、屋台村形式で、お薦めの蔵の酒と自慢の肴《さかな》を売る。ただそれだけのシンプルな行事なのだが、売り上げ低迷に悩む業界にあって毎年数千人を集める大成功。全国の同業者が注目し、京都、東京、福岡、鳥取でも同様のイベントが立ちあがった。

成功の秘密は何か。

イベントといえばメーカーが販促の手段として行うものが多い。だがこのイベントは、小さな飲食店を営む3店主が「もっと日本酒は面白くなるはず」と意気投合したのが出発点。いわば勝手に応援を始め、常連客もスタッフとしてアシスト。そこへお客さんが集い、さらにファンの輪が広がるという好循環なのだ。

特定の誰かがガッポリもうけるのでなく、皆が少しずつ協力して「好き」を共有して楽しむ。そんな姿を目の当たりにした蔵元は、さらに美味《おい》しい酒を造ろうと力が入るはずだ。グローバリズムどこ吹く風の、ナニワ発の商《あきない》である。

六甲山で「野口健ごっこ」

【葦2014年5月8日付】

週末のたび六甲山に登るようになり10年以上たつ。たまたま住んだマンションの裏が六甲山。登山服に身を包んだ中高年が押し寄せてくるのを見て、何があるのかと後をつけたのが始まりだった。

以来飽きることがない。山はわずかな気温や湿度の差にも反応し、空気も緑もがらりと変わる。そうして変化しつつ、変わらずそこにあり続けるたたずまいがクールだ。悩みなど吹っ飛んでいく。

最近、そんな山のよさに気づく人が増えてきたようだ。山ガールブームもあり、人が急速に増えたと実感する。

仲間が広がりうれしいと言いたいが、心境は複雑である。以前は見かけなかった菓子袋などのゴミが、山道に異彩を放ち始めたからだ。空気がどろりと濁り、貴重な楽しみが減った気になる。

ふと思い立ち、包み紙を拾ってみた。土にまみれ枯れ葉のようであった。たばこの吸い殻もちり紙も拾い、ポケットに押し込んだ。たちまちさわやかな空気が戻って来た。簡単なことであった。

今や、新たな登山の楽しみである。富士山清掃に取り組む登山家になぞらえ「野口健ごっこ」と呼んでいる。

ぼっち対策、一人飲み修行

【葦2014年5月22日付】

「ぼっちが怖い　今どき大学生」。雑誌でそんな記事を見た。入学早々、学食で「おひとりさまランチ」する姿をさらすのが、今の学生が最も恐れる「ぼっち」の図らしい。あ、ぼっちとは「独りぼっち」のことです。念のため。

記事では他者の目を気にする現代の若者気質に言及していたが、ウン十年前の我が身とて「ぼっち」は避けたかった。社会人になってからも、ランチはともかく夕食を外で一人となると人目が気になった——そう過去形ですよ。私、「ぼっち」問題を完全に克服したのである。

きっかけは、日本酒の取材で必要に迫られ、一人で大阪の立ち飲み屋に行く

ようになったこと。最初は緊張しまくり、無理やり会話しようとしてスべって
ばかりだったが、次第に場を乱さず飲み食いする方法がつかめてきた。まずは
周囲をよく観察し、店の流儀に従う。すると店の人やお客さんが話しかけてき
てくれる。酒もおごってくれたりする。

一人が怖くなくなると人生も怖くなくなる。コツは一人客の多い大衆的な店
を選ぶこと。一人の寂しさと自由と礼儀をわきまえた先輩に学ぶことは大きい。

流しの下のミラクル

【葦2014年6月5日付】

汗ばむ暑さがやって来た。初夏である。夏といえばキュウリとナス。八百屋ではちきれそうな姿を見るとついウッシッシと笑いがこみあげるのは、ぬか漬けにしようとたくらんでいるからだ。

そう。私、マイぬか床持ってます。

きっかけは、友人から泉州名物「水ナス」のぬか漬けを頂いたこと。丸いナスは周囲をぬか床でクルリとくるまれ、1個ずつ丁寧にラップされていた。ほのかな酸味と塩気を含んだみずみずしいナスがあまりにおいしかったので、残ったぬか床を捨てるのがはばかられた。

小さなタッパーに入れ、冷蔵庫に保管することにした。試しに残ったショウガを薄く切り、ぶすぶす差し込んでみた。

数日後、私は腰を抜かした。これは……魔法だ！　どんなグルメ店でも食べたことのない、大人っぽい珍味であった。

むろん魔法ではない。ぬか床の様々な微生物が、野菜を絶妙な味に仕上げてくれるのだ。しかも、ぬかはほぼ無料。無給・無休で働く小さなシェフが、今日も流しの下で私の帰宅を待っている。

何と大きな了見であろう。ぬか床を混ぜるたび、我が身の小ささを思う。

福島に「山菜名人」を訪ねて

【葦2014年6月19日付】

春になると福島の山菜が届く。被災地支援のサイトで「山菜名人」というネット店舗をみつけたのがきっかけだ。店主は、先代から福島市土湯温泉で山菜を採る渡邉義博さん。地元の恵みを愛情いっぱいに説明する素朴な文章にひかれた。

最初の年、春初めのフキノトウから放射性物質は出なかったと喜びのメール。ホッとしていると、直後に「出荷停止です」。他地域で汚染が確認され、市全域の出荷にストップがかかったという。

同じケースが相次ぎ、今も約3分の1の商品が出荷停止だ。だが渡邉さんは山へ通い続け、地元でしか食べられない珍しい山菜を採ってくる。ぴかぴかの香り高い山の恵みが、「いつもありがとうございます」の手書きメモと、放射性物質不検出の証明書とともに届く。

先日、ジタケの収穫に励む名人を訪ねた。雨の笹《ささ》やぶをはいつくばっての過酷な仕事に圧倒された。「気持ちが続かないとできません」。だが出荷停止に伴う売り上げの急減と、誠意の見えぬ補償交渉に、肝心の気持ちが折れそうになる。

名人は来年も山へ行ってくれるだろうか。私にできることは何だろうか。

梅雨だヨ！　梅干しつくろう

【葦2014年7月3日付】

最近、梅雨という季節が嫌いではなくなった。この時期ならではの楽しみをみつけたせいだ。梅干しづくりである。

大気がしっとりし始めると、八百屋の店頭に1キロ入りの梅がずらりと並ぶ。ぷっくら重そうな実は紀州特産の南高梅《なんこうばい》。

作業は単純だ。塩漬けにした梅に赤シソで色をつけ、ザルに上げ天日で干すだけ。だが多くの人が「面倒くさくない？」という。確かに素材や天候の影響が大きく、マニュアルがあるようでない。最悪の場合カビが生える。時間をかけただけにショック大。胸に納めておけず、どうしよう！と大騒ぎすることになる。

だが、ここからが梅干しづくりの真骨頂。「隠れキリシタン」ならぬ「隠れウメボシスト」が突然ワラワラと湧いてきて、あれこれと対処法を教えてくれる。悩んだ経験のある人は、同じ悩みを持つ人に無条件に優しいのだ。はるか昔から、梅干しづくりのコツや知恵はこうして伝えられてきたに違いない。

なので、もし人生に行き詰まったら梅干しに挑戦を。梅雨明けのころ、梅干しとともに、ふくよかな人のつながりを信じる気持ちが出来上がっているから。

水と生きる人の知恵

【葦2014年7月17日付】

原発を動かすのは反対という人は世論調査では過半数。でも選挙となると、脱原発を掲げる候補は通りにくい。景気が悪くなったり電気代が上がったりも困る。理想ばかり言っていられないのだ。

だが滋賀の人は一味違った。原発には踏み込まず、国とのパイプを通じて景気を良くすると訴えた政権党知事候補を落としてしまった。卒原発の候補が当選。

皆が原発の問題を理由に投票したわけではないだろう。だが少なくとも、政権の側についておけば何とかなるという選択をしなかった。それがスゴイ。

なぜだろうと考え、ふと滋賀で働く先輩記者の話を思い出した。滋賀には古くからの祭りや風習が驚くほど残っているのだという。それは、人々が琵琶湖という巨大な水と向き合って暮らしてきたからではないか。水は恵みも災いも生む。助け合い協力しあう地域社会がなければ共存できない。そんな自治の精神が、今も確かに息づいていると感じる——。

難しいことはお上にお任せ。うまくいかなければ文句を言う。私たちはいつのまにか、そんな思考に染まっている。滋賀の今後にますます注目である。

世界でいちばん好きな場所

【葦2014年7月31日付】

社会人の夏休みがこれほど短いとは、子供のころ全く想像していなかった。短い休みをいかに満喫しきるかは、大人の永遠の課題であろう。海外旅行？温泉？　それともグルメ旅……。

だが今の私に迷いはない。休みは2日もあればよい。目指すは高野山のとある宿坊。一泊して帰る。それだけである。

とにかく何もない。テレビがない、酒がない（原則）。肉も魚もない。で、門限が早い。ゆえに時のすぎるのが遅い。咳《せき》をしても一人。写経して、読書して、しかしいつまでも夜。無理に寝て起きると、まだ夜。仕方なくまた読書……。

いや不思議なものだ。いろんなモノをなくしてみたら、ふだん「ない、ない」と思っていた時間がどーんと現れる。

そしてチリ・ホコリも見事にない。あまりに床がツルツルで、ご住職が足を滑らせたのも目撃した。すごい掃除力。これがどんな豪華な調度品より心安らぐ。

人生に必要なモノは多くない。むしろ多すぎるモノには人生を盗まれかねない。かくして下山すると我が家のモノとホコリが減り、時間と貯金が増える。

私は自由だ！　そう叫びたくなる夏。

高いものを買うということ

【葦2014年8月14日付】

古い器が好き。日本酒が好き。なので、大阪は老松町《おいまつちょう》はずれにある酒器専門の骨董《こっとう》屋さんに顔を出すようになった。

買うのはもっぱら千円前後のセール品ばかり。安くてもしゃれた品は意外に多い。……まあ要するにケチなのだ。

そんな私にも、ご主人は一流品をたくさん見せてくれる。人気が高いのは朝鮮王朝時代の器らしい。独特のゆがみが何ともおおらかだ。素人目にも、酒がうまくなりそうな気がしてくる。

その日も興味深くながめていると、ご主人が一言。「ふだん使う器こそ、一つでいいからいいものを買ったらいいですよ」「そうすると、それが自分の基準になります。ものを見る目が変わります」

ふいをつかれた。それは人生変わるってこと？　さらにこうも言われた。「器って、お酒と人が出会う場ですよね」。確かにそうだ。若くないのだから、一回一回の出会いをおろそかにできない。

「お買い得」とは何だろう。誰もが損をしたくないと思っている。でも安さを求めることが買い得ではないのかもしれぬ。かくして清水の舞台から飛び降りてみた。後悔はしていない。いやほんと。

夢と希望とドラえもん

【葦２０１４年８月28日付】

ドラえもんの作者、藤子・F・不二雄の生誕80周年記念の展覧会が面白いと聞き、グランフロント大阪へでかけた。

最新の立体映像。氏の息づかいが間近に伝わる美しい原画。登場人物になりきって写真が撮れる楽しいスペース。なるほど見どころ満載だが、何より印象に残ったのは、幼児から大人まで、訪れた人全ての掛け値のない笑顔である。

ドラえもんが生まれたのは40年以上前。この変化の激しい時代に、これほどずっと愛され続ける理由は何だろう。

氏は「僕はのび太でした」と語っている。勉強も運動もダメ。要領も悪い。

イジメの標的になり、ドラえもんのように彼らをぎゃふんと言わせるものがポケットから出てきたらと思っていたという。

でも氏の描いたマンガでは、ポケットから出たものはこのうえなく便利なはずが、結局は振り回され失敗してしまう。相変わらずのび太はのび太のままだ。それでも2人はポケットの夢と冒険をあきらめない。現実はままならずとも、希望を持ち続けることはできるのだ。

そう思うと生きる勇気がわく。人が求めるものは時を超え、案外骨太である。

第3章

Journalism

「大阪社会部デスクから見た橋下現象」

【Journalism 2012年7月号@大阪社会部デスク】

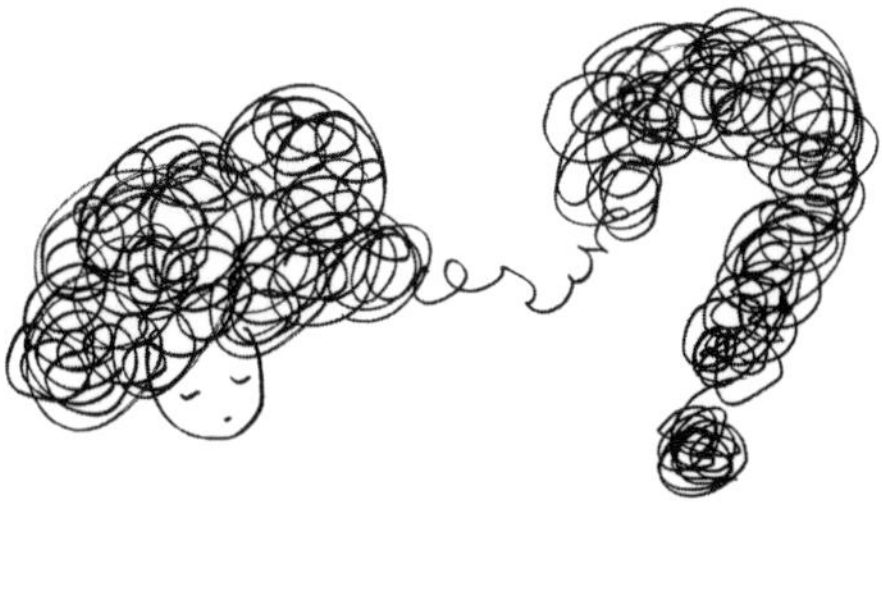

第3章のはじめに

この原稿は、橋下徹・大阪市長（当時）が大阪で大旋風を巻き起こしていたとき、雑誌「Journalism」に、大阪社会部デスクとしてどのようにその旋風と向き合っているのかを記した「マイ橋下戦記」です。

この原稿が発端となり私の運命は大きく変わることになりました。その経緯を振り返ると、ほんとうに人生の不思議というものを感じざるをえません。

きっかけは当時の上司であった部長の東京転勤。実はこの部長こそ橋下報道について寄稿することになっていた本人だったのです。しかし突然の栄転辞令に心は今後のことでいっぱいになったらしく、「イナガキ悪いけどかわりに書いてくれない？」と。しかし私とて見た目ほどヒマじゃありませんから「エーッ」と難色を示すと、「昼メシおごるから頼む！」と。

かくしてホテルのレストランで頂いた豪華中華ランチ（3千円）と引き換えに、デスク仕事の合間に書いたのがこの文章です。

経緯が経緯でしたから深い考えも企みもなく、社内報感覚で自分が悩んでいたことをただ素直に、そしてサービス精神を込めて実録風に活写したのですが、それがお堅い論壇の世界では新鮮だったらしく、さらに橋下氏への注目の高さから記事はネットで拡散し……というのは「はじめに」で書いたとおりです。

そして、若い頃からの親しい同僚でもあったその部長は、私が会社を辞めることをコラムに書いたその日に重い病で亡くなりました。

伝説の特ダネ記者であり、最後は編集局幹部として、社をめぐる状況が厳しさを増す中で奮闘を続けた道半ばでのことでした。最後まで社のことを気にかけての壮絶な闘病と早すぎる死を前に、言葉がありません。

人生とはいったい何なのでしょう。

久しぶりにこの文章を読み、当時のことを思い返しています。敗北、敗北、また敗北。しかし人は負けることがわかっていても懸命に努力するしかないし、それは報われずとも何がしかの意味はある。そう信じて1日1日を生きるしかない。改めて自分にそう言い聞かせています。

「新聞の購読をやめます」の読者の声

最近、夕方が近づくと憂鬱が襲ってくる。原因は、大阪の「お客様オフィス」から全デスクのもとに送られてくる、読者の電話やメールをまとめたリポート。

「朝日は橋下の宣伝機関か」

「維新の会の話を垂れ流すのはいいかげんやめろ」

「もう購読をやめさせていただく」

ああ、またか、と思う。

橋下氏のことを紙面で取り上げるたびにこうした反響がいくつも届くことを、もう何カ月繰り返しているのだろう。

もちろん苦情とはいえ、貴重な読者の声。一瞬ムッとしたとしても、ちょいと深呼吸して冷静にとらえればよいのだ。正面から受け止め、今後の紙面づくりに生かしていく大事なきっかけにしていけばよいのだ。

だが、コトはそれほど簡単ではないのである。

橋下氏をウオッチしている大阪社会部は当然のことながら、橋下氏を宣伝しようと記事を書いているわけではない。原則は中立だし、もちろん、氏の発言に危惧を感じて記事化することも多い。それでもこの反響なのだ。

さらに事態を複雑にしているのが、同じ記事に対して寄せられる真逆の反応の存在。少しでも橋下氏の問題点を指摘すると、「なぜ橋下さんの足を引っ張るのか」「偏向報道の極み。許せない」という声が、これまた複数寄せられるのである。

要するに、身を粉にして橋下氏のことをがんばって書けば書くほど、苦労して取った特ダネであれ、工夫をこらした独自ダネであれ、地道な橋下ウオッチの結果であれ、いずれも読者の怒りを買い「新聞の購読をやめます」とまで言わしめてしまうのである。わざわざ電話してきて下さるのはごく一部の読者であることを考えれば、どれだけ多くの人が無言で新聞の購読をやめているのかと想像し、背筋が寒くなる。気力が落ち込むのをどうすることもできない。

新聞が売れない時代、これがどれほど大きなことか！

さぼった結果なら努力すればよい。でも、しつこいようだが「努力した結果」なのである。一体どうしろというのか。

いま朝日新聞では、橋下人気が国政に影響を及ぼし始めていることもあり、橋下氏に関する記事を全国で掲載していくことを紙面の「ウリ」にしようという機運がある。大阪発の記事が東京で掲載されるハードルの高さを思えば、大阪のデスクにとってはまことにラッキーな機運であり、ありがたいことである。

だがしかし、正直、とてもじゃないが諸手《もろて》を挙げて喜ぶことはできない。前述の現象が示しているのは、橋下氏はそんなに甘い存在ではないどころか、諸先輩たちがつないできた新聞の歴史にピリオドを打ちかねない人物ということだ。生きるか死ぬかの闘い——おおげさではなく、日々そう思い知らされている。

このリポートは、悩みに悩みながら橋下氏の記事を発信している現場デスクのつぶやきである。

方程式に当てはまらない政治家

まず、私がどのような立場で橋下氏に関する記事とかかわってきたかを簡単に説明しておきたい。

橋下氏が２００８年に大阪府知事選を制したとき、私は大阪の地域面の編集長だった。思えば当時の橋下サンは愛らしい存在だったなあ！　当選直後から聖域なき財政再建を打ち出し、文化施設や私学への助成金、市町村への補助金など誰も踏み込まなかった支出の大幅見直しを主張して物議をかもしていたが、議会や庁内に味方は少なく、物事は一筋縄では動かなかった。市町村長との会合では、四面楚歌のなか感極まって涙を流す場面すらあったのである。いま思えば１００年くらい前のことのようだ。

個人的には、橋下氏が繰り出す政策にすべて賛成できるわけではなかったが、そのやる気と発想力には尋常でないものを感じていた。何より橋下氏の打ち出す主張は、これまでマスコミが「なあなあ」で済ませてきた根源的な問題への問いかけを含んでおり、決して無視できないものだった。

たとえば「収入の範囲で予算を組む」というまっとうな原則を掲げて補助金をカットしていく氏の施策を記事にするには、果たして何が問題なのかを一から考えなければならなかった。

これまでの新聞は、「お上」という権力を絶対悪とみなし、権力側がすすめる施策でほんろうされる「庶民」の声を代弁していればよかった。だがこれは、「お上」が既得権者と結びつき相も変わらぬ横暴を繰り返すという方程式が成立する場合にのみ有効な手段であった。

橋下氏はそんな方程式には当てはまらない政治家だった。行動を決するのは自らの考える「正義」であり、その「正義」に反する既得権者を容赦なく切っていく。そんな氏と対峙《たいじ》するには、記事を書く側にも自らの「正義」をみつめなおす必要があった。氏が言うとおり自治体にはカネがないのだ。そのうえで、切っていいものは何か、切っていけないものは何か。

正直申し上げて、こんなことをまじめに考えたのは初めてである。ウンウンうなって浮かんできたのは、行政には、民間には果たせない「ほんとうの役割」があるのではないか、ということだ。

採算性を理由に切る、切らないを決めるのは民間の考え方。採算は合わなくても必要なことを担うのが行政なのではないか。その「必要なこと」を見極めれば、橋下流コストカットの是非を論じることができるのではないか。

職員 その気にさせよ

拝啓、橋下知事　これが行革だ！

予算余らせる人を評価

橋下徹知事が打ち出した行財政改革が論議を呼んでいる。5兆円の借金を抱える瀕死の財政を立て直すため、全事業をゼロベースで見直し、9年間で計6500億円の歳出削減を目指すと宣言。「歴史上、類のない大改革に取り組みたい」（所信表明演説）という。果たして実現可能なのか。どうやったら実現できるのか。まずは、前鳥取県知事の片山善博慶応大教授の話を3回にわたり紹介する。

（編集委員　神田誠司）

片山善博・前鳥取県知事㊤

——橋下知事をどう見ますか。

意気込みがいい。財政非常事態宣言にしても、バーンと打ち上げて注目を集め、変えていこうとしている。たいしたものです。ただ、府庁の中で知事が浮いてしまってはいけない。職員を巻き込んでその気にさせないと、改革はできません。

——橋下知事は初年度に1100億円の歳出削減を掲げています。知事経験者の目で見て、可能だと思いますか。

職員の意識を変えれば、できますよ。

例えば、役所はどこでも、予算を年度内に全額消化する悪弊を持っています。いわゆる予算の使い切り。予算は多少余裕をもたせて組みますから、普通にやれば余るのが当然なのに、職員はそれを何としても消化しようとするんです。年度末になると、やたら東京への出張が増えたり、備品を買ったりする。鳥取ではこれをやめさせ、3年ほどかかりましたが、年に174億円ほども生み出すまでになりました。県税と地方交付税の合計額のざっと1割に相当します。

——大阪府の交付税と府税の合計額は06年度で約1兆5千億円ですから、1割なら1500億円ですね。どう職員の意識を変えたのですか。

なぜ予算を使い切るのかと言えば、「余らせると次の年に予算が削られる」から。「使わないともったいない」という職員の意識があるからです。予算を組む財政課の職員も「おれたちが精査して組んだ予算を余らせるなんてけしからん」と思っている。この意識を変えないといけません。

——どうしましたか。

職員に私の考えを伝え、とことん議論しました。そして、大切なのは人事です。使い切りをするような人は、もう評価しない。余らせる人はちゃんと人事で評価するというメッセージを送り続けました。

意識変革は簡単ではありません。職員はなかなかしたたかです。横浜市の中田宏市長にこの方法をアドバイスしたら、「7億円しぼれた」と報告がありました。あの大きな横浜市が、そんな額のはずがない。中田さんはだまされているに違いありません。横浜市の職員研修に呼ばれたとき、「あんたらまだやってるでしょ」と言ったら、職員は苦笑してうなずいていました。

——橋下知事は市町村への補助金についても見直しを打ち出しました。市町村から反発の声があがっています。

母屋が火事になっているんですから、市町村も意識を変える必要があります。都道府県が義務的に出さないといけない補助金はありますが、それ以外は、これを機にやめるものを点検したらいいと思います。

ただ、府が主導して始めた事業の場合、「今さら一方的に切るのはおかしい」という反発も出て当然です。その場合は十分に市町村と話し合い、全部なくすのではなく、予算規模を大幅に縮小する方法もあります。

これは公共事業のハコモノ建設の話ですが、私は初当選後、カニ博物館、砂丘博物館、美術館、ダムなどのハコモノ建設事業をストップさせました。総額で500億円くらいになります。いずれも県が主導する事業だったので、地元の市などから反発がありました。そこで、すべて一律に廃止するのではなく、10分の1の予算規模に縮小するなどして納得してもらいました。

朝日新聞2008年３月27日付

地方自治に詳しい編集委員に相談し、行革に取り組んだ全国の首長経験者を訪ねて橋下氏の施策を評価してもらうシリーズ「拝啓、橋下知事　これが行革だ！」を書いてもらった（上記事参照）。当選直後でアイデアに飢えているであろう知事にも読んでもらい、実際の施策に生かしてもらえれば一石二鳥ともくろんだ。

狙いは当たったように思う。記事を通じて私も考え方のヒントを得ることができたし、知事も熱心に読んだようで、掲載後に編集委員のインタビューに応じてくれた。気分のいい仕事だった。今思えばなんと牧歌的な時代だったことか。

「君が代条例案」に驚く

転機となったのは、2011年の統一地方選挙だったと思う。

橋下氏は、膠着《こうちゃく》状態にあった府市再編問題を動かそうと、地域政党「大阪維新の会」を立ち上げた。橋下人気に後押しされ会所属の候補が続々と当選。大阪府議会では過半数を制するに至った。

選挙直後、維新の会が、君が代の起立斉唱を教職員に義務づける全国初の「君が代条例案」を議員提案することを朝日が特報する。

当時、私は大阪社会・地域報道部のデスクに異動し、教育担当を命じられたばかり。正直、驚いた。橋下さんってこういうイデオロギーにかかわる施策を打ち出す人物だったのか。選挙戦では君が代の「き」の字も出た記憶はなかった。これが氏の地金なのか。いずれにせよ「リベラル」「反戦」「護憲」の朝日新聞としては見過ごせない問題だった。

さてどうしたものか。担当記者と顔を見合わせてため息をついた。

君が代強制は降ってわいた話題ではない。国旗・国家法が制定された後は各地で強制が進み、折に触れ記事化されていた。だが記事はややもすれば教職員組合や護憲派の学者に強制反対を代弁してもらうパターンになり、どうみても読者の心を揺さぶっている気がしなかった。まして「公務員なら決まりを守れ」と平易な論理で押してくる知事に、大所高所から正論をふりかざすだけではなんとも弱い。どうすればいいのか……。

画期的アイデアが降りてくるのを待ったが、もちろん降りてこなかった。不起立教員ではなく、ちゃんと起立している先生の違和感に焦点を当てるとか、そもそもなぜ不起立教員がいるのかを一から戦争体験者に聞くとか。かっこ悪くても、せめて取材者側の必死さが伝われば と願いながらぽつぽつと記事を発信するのがせいいっぱい。

さえない日々の中、あることを思いつく。条例制定は「府民の総意」と繰り返す橋下氏に、争点になったわけでもない君が代強制がホントに府民の総意なのか突きつけようと思ったのだ。維新の会に投票した人は既得権に切り込む橋下氏の改革力に期待したのであって、君が代強制に期待したのではないはずだ。

世の中が見えていたのは橋下氏

記者が街に出て、維新の会に投票した人を探し条例への是非を聞いて回った。我ながらなかなかのアイデアだ。

結果は思ってもみないものだった。

30人中26人が「君が代条例に賛成」。当たり前のルールを守れない人が先生をしていること自体おかしいという。

ショックだった。正直、6~7割が「反対」と答えると思っていた。良心的な日本人にとって、国内外に大きな犠牲をもたらした戦争の記憶とつながる国旗・国歌の強制は根源的に受け入れられないものと信じていた。その人たちこそ朝日新聞の読者だと思っていた。

だがそんな人たちは、もはや1割しかいないのだ。良心的な世論をリードしているつもりが、振り返ってみたら誰もいなかったのである。私が想定していた読者像は、自分たちに都合のいい甘いものだった。本当に想定しなくてはいけない読者は、朝日新聞的リベラルな主張を、ウソっぽい、あるいは嫌いだと感じている、世の中の9割の人たちだった。世の中が見えていたのは朝日新聞ではなく、橋下氏のほうであった。

手応えを感じられぬまま、維新の会が過半数を制する大阪府議会でアッサリと君が代条例は可決される。

それにしても、君が代条例の報道は朝日新聞の「独走」であった。「勝った」という意味ではない。他社は一連の経過は報じたものの、その問題性を報じることには無関心にすらみえた。

もしかすると、条例反対にこだわった朝日は時代から完全に取り残されたアナクロな存在なのかもしれない。書けば書くほど読者を失ったのかもしれない。

どちらが正解だったのか。

マスコミの役割とは何なのか。

橋下氏は知事を辞任しダブル選をしかける意向を表明。選挙前の2011年夏、維新の会は再び驚くべきものを出してきた。大阪府教育基本条例案。一読して、これは大変なものが出てきたと思った。

勝ち目のない戦を戦う

君が代条例が一本の木を倒すチェーンソーなら、教育基本条例はすべてをなぎ倒すブルドーザーだ。

条例案はＡ４サイズの紙で約30ページに及ぶ。大きな特徴は二つ。

一つは、戦後教育の根幹である教育委員会制度を真っ向から否定したことだ。条例案は「知事は学校が実現すべき教育目標を設定する」とし、続く条項で、教育委員も学校も校長も教員も、目標に向け職務を果たすよう求める。政治と教育が一体化した戦前の反省から、政治家が直接教育に口出しできないようにした教育委員会制度を根底から覆す内容だった。

もう一つは厳しい成果主義。結果を出せなければ、教育委員も校長も教員も、最悪の場合クビになる。学校も保護者の選択にさらし、生徒を集められなければ生き残れない。

何のためにここまでするのだろう。

条例案の前文によると、グローバル社会に対応できる人材を育成するため、過去の教育から決別し時宜にかなった教育内容を実現するのだという。

うーん……。

もしヒトラーのような人が首長になり、排他的・暴力的な教育目標を立てたらどうなるのか。戦前の軍国主義教育で多くの若者が一つの思想にそめられ戦争へ駆り出されたことを思えば、条例は朝日新聞が守り育ててきた戦後民主主義に対する正面からの挑戦状である。

とはいえ、維新の会の主張にももっともなところがあった。教育委員会制度は理念は立派だが、現実は、地元の名士が月1回程度の会議で事務局の報告を受け、ちょこちょこ意見を述べておしまい。政治的中立どころか「放談会」と化しているところがほとんどだった。それを守れと主張するのはいかにも弱い。ここまで形骸化したことを放置してきた自らの怠慢を恥じたがもう遅い。

ああ、何をどこからどうしたらいいんだ！　勝ち目のない戦いから逃げられなかった硫黄島の将軍の気持ちだよ……なんてぐずぐず言っている暇はない。教育班のメンバーと知恵を出し合った。

現場取材という原点に立ち返る

確認したのは大きく二つ。一つは、まずは何はともあれこの条例案が何なのかを読み解き、伝え、読者に興味を持ってもらうこと。賛成、反対、様々な立場の人の意見を聞きまくって載せていこう。

もう一つは、現場取材を強みにすること。君が代条例のときと同様、識者コメントに頼るだけでは限界なのは目に見えていた。条例ができたら大阪の学校は何を得て何を失うのか。実際に日々格闘する人の言葉が最も説得力を持つはずだ。取材こそ新聞社の強み。当たり前のことだが、追い込まれて改めて原点に立ち返ろうと確認したのだ。

ぽつぽつと発信した記事のなかで最も反響があったのが、条例案を起草した維新の会市議へのインタビューだった。

これは予想外だった。取材の動機は、条例のめざすものがいまいちつかめないので、いっそ書いた当事者に聞くしかない！　という単純なもの。「格差を肯定してもエリート輩出をめざす」という答えはあからさまでおもしろかったが、有名人でもないし地味すぎると思った。当初は社会面の掲載を躊躇《ちゅうちょ》したほどだ。

だがふたを開けると、有名な論客のインタビューより圧倒的に反響が大きく、「やはりあの条例案は問題がある」という意見がたくさん返ってきた。教職員のあいだで回し読みされたとも聞いた。掲載直後、橋下氏は「維新の会はメッセージの出し方がヘタ」と発言。氏を記事で焦らせたのは初めてだった。

大阪府の教育委員が「条例案が通れば総辞職」と表明したこともあり、テレビの情報番組でも条例案の問題点が批判的に取り上げられ始めた。よしよし、いい流れになってきたぞ……。

甘かった。

条例案の賛否を聞いた選挙前の世論調査の結果は、賛成48％。反対26％。「わからない」ではなく「賛成」ですよ。いったいなぜ、どこに賛成なのか。ショックを受けている間に選挙戦となる。知事・市長選を維新の会が制した。圧勝であった。

何をどう書いたら読者に届くのか

ダブル選後、連日の「ぶら下がり会見」で知事と市長が繰り出す情報の洪水に、連日、各紙のトップ記事に橋下氏の主張が掲載され始める。それとともに「朝日は橋下の宣伝機関か」という読者の苦言が増え始めていた。

そうは言われても、氏の発言を無視することはできなかった。維新の会はダブル選で大阪府市の首長の座をとったうえ、府議会では過半数を占め、市議会でも他党との距離を急速に縮めつつあった。氏が施策を打ち出せば実現する確率が飛躍的に高まったのである。それを思えば、たとえ思いつきレベルのものであっても発言は重要であった。

だが毎朝夕尽きることなく記者の質問に答え続ける氏は次々と刺激的な発言を繰り返す。発言に耳をすまし、他社がどう書いてくるかに神経をとがらせていると、吟味したり批判的に検証したりする余裕はどんどんなくなっていく。

教育班にとっても、ダブル選後にどう記事を書いていくのかは頭の痛い問題だった。

選挙で橋下氏らに投票した全員が氏の教育施策に賛成しているわけではないと思う。漠然とした期待で投票した人も、別の施策に期待して投票した人もいるはずだ。とはいえ、氏の教育施策に大きな危機感を抱いていたなら投票しなかっただろう。賛成とはいえないまでも大反対ではない、もちろん大賛成という人もいる……そんな人たちに向かって、氏の教育施策を批判し続けるだけでは反感を買うだけではないか。

教育班が再びアタマを突き合わせた。結論は、「条例案が成立するまでは問題点を指摘し続ける」。条例案に賛成の人が多いとしても、中身をきちんと知ったうえで賛成なのか。なんとなく賛成という人も多いのではないか。負け惜しみにも思えたが、とにかく記者たちは再び街へ散った。道行く人に教育基本条例案の中身をどのくらい知っているか、道ばたでインタビューを繰り返した。

すると、30人のうち約半数が「条例案のことはよく知らない」。知っていると言った人も「中学校で給食を出すやつ」など3人が勘違い（我々が選挙前に書いてきた条例の記事は全然読まれてなかったということですね。フクザツ）。全員に条例案の骨子を説明したうえで改めて賛否を尋ねると、賛否は大きく分かれた。やっぱり！　書かねばならないことはまだあるのだ。

学校選択制 撤回の街

橋下徹・大阪市長率いる大阪維新の会がダブル選で公約に掲げた小中学校の学校選択制。学校を「選ばれる立場」に置くことで教育の質を上げるのがねらいで、全国の約15%の自治体が実施している。だが、最近は導入の動きは頭打ちで、前橋市は今年度から廃止し、長崎市も来年度からやめる。「弊害が大きすぎた」という。何が起きたのか。

維新の会公約 大阪市教委は懸念

大阪市の橋下市長は11月の市長選で小中学校の学校選択制の導入を公約に掲げ、学力テストの結果を住民らの求めに応じて学校別に公表し、その情報などをもとに学校を選択できるようにすると訴えた。大阪市教委は「地域と学校の関係が薄まる」と懸念を示したが、市長は「我々は住民の声を聞いてきた」と述べ、市教委に対し住民との意見交換の場を持つよう求めた。

坂の上 嫌われ激減

長崎市

坂のまち長崎市。斜面の高台に市立大浦中学校はある。生徒数85人。学校選択制が始まる前の3分の1以下に激減した。

荒れもなく、生徒は明るい。でも全校集会で体育館がスカスカなのを見たり、たった一人の男子バスケ部員が試合に出られないのに毎日走り込みを続けている姿を見たりするたびに、教師たちは胸が痛む。

生徒が集まらなかった決め手は「坂」だった。

長崎の選択制は、隣り合う校区なら学校を自由に選べる仕組み。市教委によると、大浦中校区に住む子の多くが平地にある大規模な学校を選んだという。

長崎市立大浦中学校の生徒数の推移

（人）学校選択制スタート

300 250 200 150 100 50 0

04年度 05 06 07 08 09 10 11

選択制が始まって数年で部活動が成り立たなくなっ……

人気・不人気が固定 想定外の極端さ

長崎市教育長

馬場豊子氏

予期しないことが起きた。子供が巻き込まれる事件をきっかけに地域と学校の結びつきが強まっていたのに、地域の行事に参加しなくなる子が増え始めた。子供は家庭や地域で育つ。「地域活動に支障をきたすような制度が本当に子供のためになるのかな」と疑問が出てきた。

人気校、不人気校の固定化も看過できなくなった。これほど極端なことが起きるとは想定できなかった。

選択制で、学校を外に開くと……

朝日新聞2011年12月22日付

是非を問うインタビューを改めて連載。学校を保護者の選択にさらす学校選択制廃止を打ち出した長崎市をルポ（上記事参照）し、成果主義が行き詰まったアメリカへも記者を派遣した。いずれも現場の声を基にした説得力のある記事が発信できたと自負しているが、思うような反響が返ってきたわけではない。条例に反対の先生たちは「よく書いてくれた」と言ってくれる。だが読者からは「橋下さんを否定するような記事はおかしい」「結論ありきの記事はやめろ」「偏向朝日」という批判が寄せられた。と思えばなぜか「朝日はなぜ橋下の批判をしないのか」というお叱りも受けるのだった。

時代は明らかに橋下氏の味方だった。何をどう書いたら読者に届くのか、どんどん見えなくなっていった。

まずは朝日の負けを認める

そんな中、わずかなヒントをくれた記事がある。

条例案の中に、体罰肯定とも受け取れる条項がある。最初に知ったときは「とんでもない」と思ったが、維新の会の議員に聞くと、荒れた学校で暴れる生徒を指導する先生に最低限の手段を与えようと考えたという。一理あると思った。そこで、維新の会の意図を紹介したうえで、体罰と向き合う現場教師に条項をどう思うかをインタビューすることにした。結論は読む人にゆだねた。

いっぷう変わった記事だったが、肯定的な反響が多かった。なぜか判で押したように「朝日はこれまで橋下の宣伝記事ばかり書いてきた（全然そんなことないのに！）が、ようやくきちんと批判してくれた。よかった」と。

なぜこの記事が、わずかでも読者の心に届いたのだろうか。

他の記事と違っていたところがあるとすれば、維新の会の問題意識を肯定する記述を書いたこと。にもかかわらず読者は、ストレートな批判記事よりこの記事の方を「きちんと批判してくれた」と受け取ったのだ。

そうか。選挙前に市議インタビューが反響を呼んだときと同じかもしれない。批判しようと思ったら、いったん「肯定」するところから出発しなければいけなかったのだ。考えてみれば、人間関係でも同じことである。イヤな上司がいたとしよう。その上司に正論を掲げて反発するほど関係はこじれ、ますますイヤな上司になっていく。そうではなくて、受け入れがたい命令も、なぜそんなことを言うのか考え、ナルホドといったん肯定してみる。そのうえで対案を示したり相談したりすれば、ものごとはよい方向に進んでいきますよね。

そうか。橋下ファンでも納得できるような批判記事をめざすべきだったのだ。さらに言えば、仮想読者を橋下市長と考えたらどうだろう。ヒステリックな反論を引き出したら負け。「自分の考えとは違うが一理あるかもしれない」と思わせたら勝ち――そう狙って仕上げた記事が、君が代条例でクビを宣告された高校教師の人となりを取り上げた「不起立は罪ですか」だった。

君が代条例をめぐり、橋下氏と朝日新聞は対立に終始してきた。だが今回は、条例が抱える暴力性について、1ミリでもいいので橋下氏の心に届かせるにはどうしたらいいかを考えた。

まずは朝日の負けを認めるところから始めよう。

不起立教員のことを取り上げると「なぜそんな教師の肩を持つのか」という反応がたくさん返ってくる。朝日の問題意識を共有する人は今や少数派である。それでもやっぱりこの先生のことを書いておきたい――。そんな前文を書いた。

記事が橋下氏の心に響いたかどうかはわからない。

だが、過去に発信したどの記事より多くの読者から肯定的な反響を受けたのである。君が代の記事でこんな反応が返ってくるのはホント奇跡的なことなんですよ！ この方向性は間違っていない。そう信じることだけが今の心の支えだ。

それにしても苦しい闘いである。日々「負けねーぞ」と思っているが、負けている。それも圧倒的に。

成功体験を捨て、覚悟を持てるか

最後に、橋下報道を間近で見て感じていることを整理しておきたい。

橋下氏とは朝日新聞にとってどういう存在なのか。橋下氏を積極的に紙面に載せて全国の読者をひきつけていこうという社の方針には全面的に協力していきたいが、氏は商売のタネになるような生やさしい相手ではない。朝日新聞が生きるか死ぬかの戦いの相手と考えた方がいい。

理由は主に二つある。

一つは、橋下氏が世間から喝采をあびている大きな理由のひとつが「既得権益の否定」だが、これまで「リベラル」と言われてきた層も既得権者としてターゲットにしているのが橋下流。そのリベラルの親玉が朝日新聞なのだ。

私自身リベラルだし、その価値を心に抱いて記者をしてきたし、これからもそうしたいと思っている。だが今世間は、インテリ業界が戦後の長い時間のなかでためてきた澱《おり》のようなものを敏感に感じ取っている。きれいごとを言い、上から目線で、一皮めくれば既得権化しているのにエラそうに説教をたれる――。

そこを橋下氏は明確に突いてくる。彼の発言の前ではよほど肝を据えてかからねば、リベラルはどんどん陳腐化してしまう。朝日新聞が裸の王様にされかかっていることを自覚しなければならない。我々は少数派であり、勝ち目の薄い挑戦者である。それでもやるかどうか。

もう一つは、「特ダネ主義」から脱却する勇気が持てるかどうか。

隠されてきた情報を取るのが特ダネである。だが橋下氏は基本的に隠さない人で、思いつきの段階から発信し、議論の過程もどんどんオープンにしている。新聞記者が想定してこなかった形だ。この情報洪水を前に、従来のように「他紙に載ってウチに載っていないとマズイ」「他紙より扱いが悪いとマズイ」といったコップの中の勝ち負けの論理で動くと、いつのまにか紙面は橋下氏の発言で埋め尽くされ、気づけば読者に見放される結果を生みかねない。相手は「他紙」ではなく「橋下氏」なのだ。管理職も含め、これまでの成功体験を捨て、その覚悟を持てるだろうか。

誰に向かって、今なぜ、この記事を書くのか。その思いの裏付けのない記事を発信してはいけないのだ。

紙面を見返すと、これは橋下報道に限る問題ではない。我々全員が「グレート・リセット」を迫られているのだろう。

第4章

Journalism

「それでもマスコミで働きたいですか」

【Journalism 2016年3月号@退職直後】

第４章のはじめに

これは２０１６年１月に朝日新聞社を退社した直後、やはり雑誌「Journal-ism」の依頼を受けて、マスコミに就職をめざす学生に向けたメッセージとして書いたものです。

改めて振り返ると、第３章で収録した「橋下論文」で新聞社の将来に対する不安を記して４年後の文章なのです。思い返せばこの短い間に、時代はその不安を上回る勢いであまりにも急旋回を遂げました。

その嵐のような時の渦中に身を置き、なんとかせねばと焦り、社説やコラムを綴り、そして本当はもっと踏みとどまらねばならなかったのかもしれません。しかし私にはそれはできませんでした。顚末《てんまつ》は本文を読んでいただければと思います。しかし自分の非力さが悔しくはありましたけれど、一方で、できることはすべてやりきったのだという気持ちでもありました。

この原稿は、退社にあたり社内報の編集部から依頼を受けて記した「遺言」

のような文章が元になっています。

そこで書いた現役社員を叱咤《しった》する内容に、何人かの方から「そんなに言うんだったらなぜ辞めたのか」とご指摘を受けました。偉そうに言うなら自分でやってみろ、ということかと思います。なるほどそうかもしれません。

しかし辞めてみて改めて気づくのは、新聞社の社員とは、何かを発信しようとするには本当に恵まれた存在だということです。長年の歴史で培われたノウハウを先輩に教えてもらい、給料も取材費も保証され、発表する場もある。原稿の拙いところはデスクがしっかりとチェックして直してくれる。私も長年その中に身を置き、その特権を十二分に享受し、何とかものを書く人間に育てていただきました。

そろそろ自立する時なのだと思います。ここで書いたことは人様に向けたメッセージではありますが、同時に自分に向けたものでもあります。

かつての同僚には、そして同じ業界で働く仲間には、心から頑張ってほしいと願ってやみません。そして私も、独自の戦いを続けたいと思います。

特ダネとは無縁の記者だった

この年明け、28年勤めた新聞社を退社した。

収入が途絶えるのでこれまでのような家賃を払い続けることが難しくなり、築45年の小さなマンションを見つけて引っ越すことにした。昔のマンションには収納というものがない。本や洋服や食器や、その他もろもろの荷物をギリギリまで処分することになった。

溜《た》まった手紙も見直しの対象となった。仕分けのため読み返していると、20代のころ頂いた上司からの年賀状が出てきた。

添えられた一文を読み、思わず笑ってしまった。「チャラチャラ原稿もええけど、特ダネも必要やで！」

そう。私は特ダネとは無縁の記者であった。28年の記者生活で、ほんの小さなものを無理やり含めても「特ダネ」と呼べる記事を書いたのは片手に余る。それも、共に取材した仲間の力や、なぜか私を気に入ってくれた奇特な取材相手の好意で転がり込んできた幸運によるものばかりだ。結局、特ダネってどうしたら取れるのかサッパリわからぬまま新聞社を辞めたのであった。

そんな記者に、このような真面目な雑誌から「マスコミをめざす学生向けに文章を」などという重すぎる依頼が来る。困るのである。かつての先輩や同僚から「お前が言うな」とツッコミが入りまくるに決まっているではないか！

それでも恥を忍んでお受けした。いや、全く自信はないが書かねばならぬと思ったのである。私には伝えなくてはならないことがある。

私は偶然の巡り合わせから、読者の悲鳴を聞いてしまった。それは一言で言えば、新聞は冷たい、ということだ。もっと具体的に言えば、わかったようなことを偉そうに書いているだけで、ちっとも自分たちのことなんてわかろうとしていない、本当に自分と同じ「人間」が書いているとは思えないというのである。

ここまで読者とかけ離れてしまった新聞とはいったい何なのだろう。

なぜこんなことになってしまったのか。

その「悲鳴」を聞くことになった顛末から書いてみたい。

朝日が「誤報」認めて謝罪

私は2014年の10月から朝日新聞のオピニオン面で「ザ・コラム」という顔写真入りのコラムを担当した。

最初に話を頂いた時は、願ってもない話だと大喜びであった。というのも1年半にわたり社説を書く部署に所属して苦しみ抜いていたからだ。知識も人脈も教養も乏しいチャラチャラ記者には、会社の看板を背負った「正しい意見」を書かねばならぬというミッションはあまりにも重かった。しかし自分の名前で書くのなら、もっと自由に好きなことができる！　そんな甘い夢を胸に、長く勤めた大阪から東京へとスキップしながら転勤してきたのである。

ところがコラムデビューの直前、朝日新聞が二つの大きな「誤報」を認めて謝罪するという、思いもよらぬ事態が勃発した。

他人事ではなかった。何がどう悪かったのか。自分ならどうだったか。罵声を浴びながら悩み落ち込み、そのうちふと何を書いていいのやらわからなくなっていることに気づいて慄然とする。

我々が世間からどう見られているかは明らかなのだ。「自分たちが正しいと思うことを主張するためなら事実を曲げることも厭《いと》わない」。私もその集団の一員である。そんな身で何を書けるのか。偉そうに何かを批判したり分析したりしてみたところで、「そういうお前は誰やねん」と冷笑されるのがオチである。顔も名前も出して書くというチャンスが一瞬にしてピンチへと反転したのだ。

いっそ、今すぐ会社を辞めようかという思いが頭をよぎる。

もともと個人的な人生観として「会社員人生には50歳を区切りに決着をつけたい」という願望があった。事件は「今がその辞めどきである」という天の声ではないか……。そんな都合のよい解釈に強く誘惑された。

だが私にも最低限の良心があったのである。なんだかんだ言っても世話になった会社。その会社がピンチに陥ったとき、一人さっさと安全地帯に逃げ込むような振る舞いはやはり人として許されることではない。

何ができるかはわからないが、とにかく1年間は死ぬ気で頑張ると腹をくくった。目標は、全く誰にも頼まれちゃいないが「朝日新聞を救う」こと。最後のご奉公と思えば私とて何かはできるはず。しかしそのためにはまず、コラムを読んでもらわねばならない。

そうしてひねり出した作戦が「自分のことを書く」ことだった。冷や汗をかきながら「アフロにしたらモテ始めた」というバカバカしい実話を綴った。人様のことではなく、自らを笑うのなら許されるかもというギリギリの選択であった。

読者の声だけが道しるべ

時が時だけに読者がどう反応するか気が気ではなかったのだが、思いもよらず記事はネットでも広く拡散し、「元気が出た」「もう一度朝日を信じてみようと思う」と、ありがたくて泣けてくるような反響が押し寄せたのである。

その声だけが道しるべであった。その後も自分のことを書き続けた。だがそもそも準備をして始めたことではないし、所詮は華やかな海外勤務の経験も、政財界の大物に会ったこともない田舎記者なのである。原発のこと。選挙のこと。戦争のこと。介護のこと。書かねばならぬことは山ほどあれど、それを自分のこととして書こうとすると、我が孤独で平凡な暮らしの情けない泣き笑いばかりになるのであった。だがその度に、やはり多くの手紙が押し寄せた。その思いの強さに押され、また自分のことをほじくり返して書く。その繰り返し。

だんだん、反響が嬉しいというより追い詰められた気持ちになってきた。

何を書いていいのかは相変わらずさっぱりわからなかったが、何を書いてはいけないかは何となくわかるのだ。「自らの血を流さない文章を書いてはいけない」。もしそこを外し、何かをピンセットでつまんで安全なところからあれこれ眺めわかったような物言いをしようものなら、共感はたちまち反転し、深い失望と反発が待っているにちがいないという強迫観念にさいなまれ続けた。かくして夕鶴のごとくなけなしの背中の羽を抜き、絞り出すように文字をひねり出す。そうしてふと振り返れば、ゲッ、羽はもうほとんど残ってないではないか！

やはり1年が限界であった。薄っぺらい身からはもう逆さに振っても鼻血も出てこない。これ以上続けては、我がコラムに「何か」を見出し熱心に読んでくださった読者を裏切る一方になるであろう。前のめりにぱったり倒れるしかない。情けないがこれが現実だ。かくして「私、会社を辞めます」と2015年9月10日付の「ザ・コラム」にて宣言したのである。

そこで綺麗さっぱりこの世界と手を切るはずだったのだ。私が愛した朝日新聞。そして新聞記者という職業。これほど素晴らしい仕事はなかった。会社のピンチを救えたかどうかはわからないが、私なりにできることはやったではないか。

ところが本当の反響はそこから押し寄せたのである。

最終回の反響はすさまじいものがあった。手紙だけで200通近く。しかもその内容が尋常じゃない。「どうか辞めないで」「見捨てるんですか」「涙が出てきた」「これから何を楽しみに生きていけばいいの」……。しかも少なからぬお手紙がノートの切れ端のようなものに書いてある。何かと思えば「早く出さないと本人の元に届くかどうか不安だったので急いで書いた。こんな紙でごめんなさい」とある。

これはいったい何なのか。この熱情。この渇望感。

辞めていく身には重すぎる荷物であった。今もうなされる思いで考え続けている。

あれはいったい何だったのか。

自分の思い入れだけを綴った

私は自分のことを書いた。「客観報道」を旨とする新聞記者としては邪道である。さらに最近は、マスコミにことさら中立を求める声が強い。思い入れは「思い込み」と言い換えられ、マスコミは公器なのだから事実を淡々と伝えていればよいのだと考える人が、新聞社の中にさえ驚くほど増えている。

この種の物言いが、今ものすごく多い。何か熱くなって発言すると、反射的に反発が返ってくる。なぜだろう。みんな、心をザワザワさせるものからできるだけ遠ざかろうとしているみたいだ。確かに今の世の中は問題だらけ、先行きも不安だらけ。誰もが、いっぱいいっぱいなのかもしれない。

しかし私がやったことはそれとは真逆であった。自分の思い入れだけを綴った。それがなぜ、これほどまでに受け入れられたのか。

自分のことを書いたのは、既に書いたようにあの状況下で人様のことをどうこう書く勇気がなかったからだが、実は私にはもう一つ、どうしても知ってほしいことがあった。

それは「私だって人間なんだ！」ということだ。

事件後の騒然とした空気のなか何も考えられず、口をパクパクとさせても何も出てこなくなり、ほんのわずかなヒントのかけらが欲しくて、本社前で連日繰り広げられていた抗議の言葉に身を晒《さら》してみたことがある。

「国賊」「ウソつき」「詐欺師」といった言葉の鋭さはもちろんキツかった。しかし何よりも身に染みたのは、そこに対話の余地が全くなかったということだ。

抗議を叫ぶ人たちの中では朝日新聞の社員は生身の人間ではなく、特定の思想を世間に植え付けるために組織されたサイボーグのように決めつけられていた。私もそうなのだろうか。血の通わぬ「組織」に殉じる人間。どんなに力を込めてツブテを放っても届かぬ、壁の向こうの影絵のような人間。

もしそうならば、そこにはどこまでいっても永遠にわかりあえない敵と味方がいるだけだ。そんな冷たい世界を作り出してしまったのはいったい誰なのか。

エラそうに「正しい」記事を書いてきた私

まずは自分が変わらねばと思った。これまでエラそうに「正しい」記事を書いてきた私ではあるけれど、本当はどうしようもない現実をどうにかこうにかゴマカシながら生きている一人の人間なのだ。今さら遅いかもしれないが、どうしてもそれだけは知ってほしい。

すると、コラムに寄せられた分厚い手紙にも、同じようにどうしようもない人生が綴られているのである。自分も悩んでいる、どうしていいかわからない、でも同じように悩んでいる人がいると知ってうれしかった、答えは見つからないがなんとかやっていこうと思う——。誰も「正しい答え」など求めていなかった。ただ聞いて欲しい、共感して欲しいという思いだけがパンパンに詰まっているのだ。そこではもう私は家族か親戚みたいな扱いになっていて、「アフロのえみちゃん」とか勝手にあだ名をつけられて、機会があればうちに遊びに来てくださいとか書いてある。

それはもしかすると、「私たちも人間だ！」という叫びではなかったか。

世に言う閉塞感とはつまるところ、人間が人間であることを許さない社会なのではないだろうか。景気も社会も行き詰まる中で、全体が生き残るためには個はどこまでも後回しにされ、誰もが置いていかれないよう、切り捨てられないようビクビクしながら生きている。

今求められているのは「立派な見解」でも「正しい意見」でもない、ふつうの弱い人間同士が共感し励ましあえる場なのではないか。はからずも私は、これほど情報があふれた時代にあってなお満たされぬ巨大な思いの渦を垣間見《かいまみ》たのだ。

人々の「わかりあいたい」という思い。

その切実さは私たちが思う以上にずっと切迫しているのかもしれない。

もしそうならば、私は力尽きて戦線を離れるけれど、新聞にできること、やらねばならないことはまだまだたくさんあるのではないか。いや、それができない「マス・コミュニケーション」っていったい何なのか。新聞を出す意味そのものが問われているんじゃないか。

記事が「つるん」としていく

だが今の新聞は（テレビも）、それとは逆の方向に進んでいるように見える。

いや、一生懸命なのだ。多分。しかし、どうも違う。決定的に違う。

例えば朝日新聞は、失われた信頼を回復するというのが社運をかけた大テーマだ。キーワードは「読者目線」である。一方的な価値観の押し付けをせぬよう両論併記を心がける。社外の識者に定期的に紙面を点検してもらい、批判に謙虚に耳を傾ける。それは直接間接に日々の紙面作りに反映されていく。

まことに正しい。だが正しいことが正しい結果を生むとは限らない。

いちばん難しいのは、もちろん「一方的な価値観」とは何なのかということだ。成長がすべてを癒やした時代は終わった。いたるところで矛盾が噴き出し、人々はバラバラになり、対立し、どこに正解があるかなど誰にもわからない。そんな世界で何を基準に、何が「偏っている」と判断できるのだろう。例えば反原発は、安保法制反対はどうなのか。原発が必要だという人も、安保法制に賛成する人も少なからず存在する。反原発を主張すれば「偏ってるじゃないか」と抗議されることも多いにちがいない。

そのときどうするのか。両論併記をすべきなのか。それとも、取り上げること自体を抑制すべきなのか。

そうこうするうちに、記事はどんどんひっかかりのない、つるんとしたものになっていく。つるんとしていればいるほど抗議を受けることもない。かくして「読者目線」の新聞が出来上がっていく。

しかしですね、だったらそもそも新聞なんて発行しないのが一番だ。何も発信しなければ絶対に苦情も抗議も来ない。いやむしろその方が良心的なんじゃないか。抗議を受けないってことは、いつしか声の大きな者、力の強い者の代弁者になってしまう可能性をはらんでいる。マスコミが先頭に立ってモノ言えぬ社会をリードすることになりかねない。

マスコミは誰のため、何のため？

そして、つるんとしたものなんてそもそも発信する意味があるのか。さっき「みんな、心をザワザワさせるものからできるだけ遠ざかろうとしているみたいだ」と書いたけれど、本当は誰の心も、いつだって、どうしようもない現実の中でザワザワしっぱなしだ。そんな心に、つるんとしたものなんて何の痕跡も残すことはできない。

コミュニケーションとはそもそも心がザワザワするところから始まるものだ。ザワザワするから気になる。知りたいと思う。そうした過程を経て初めて人は認め合うことができる。マスコミってそういう社会を作るためのものなんじゃないのか。だって「マス・コミュニケーション」なんだから。だからどんなにうっとうしがられても、嫌われても、批判されても、つるんとしたモノになって無難に乗り切りたいという誘惑からは何としても逃れなければいけないんじゃないか。

そうでなければ、私が受け取ってしまった、人々の「わかりあいたい」という悲鳴にも似た願いは、どんどん置き去りにされていく。

もちろん、これは朝日新聞だけの問題じゃない。

朝日新聞の誤報事件を強烈に批判した他のマスコミにも、政権による圧力はあからさまに強まっている。2月には総務大臣が、政治的公平を欠く放送を繰り返したら電波停止もありうると述べた。公平を欠く放送とは、政権に批判的な放送ということにならないと誰が言えるだろう。マスコミって一体誰のために何のためにあるのかってことが根っこから問われているんだ。でも、どの放送局も正面から抗議の動きを見せようとしない。

もうマスコミは、何をどう発信していいのやらわからなくなっているのかもしれない。

朝日新聞は必要だって心底、言えるのか

経済成長の時代は、世の中はもっと簡単だった。マスコミは万年与党の悪口を言い、スキャンダルを掘り返し、ケシカランと拳を振り上げていれば誰も傷つけずに正義の

仮面をかぶることができた。みんなも安心して拍手を送ってくれた。それは、誰もが明るい未来を夢見ることができた例外的な時代だったたからだ。要するにガス抜きである。それがマスコミの「反権力」だったんだと思う。

でも成長が終わり落ち目になった日本では、誰もが「いつまでも報われない」怒りを抱え、どこかにいる犯人を探している。そして今日も誰かを槍玉《やりだま》に挙げ、首を晒し、寄ってたかってのバッシング。不倫したとか、不謹慎だとか、偉そうだとか、偏っているとかなんだとか。でもそうやって誰かを叩いた先に、本当に自分は報われるのか。世の中が良くなるのか。どうもそうじゃないことはみんな薄々わかっているんだ。それでも他にどうしていいかわからない。だから今日もまた犯人探しが続く。

そんな中ではマスコミだって、何を発信しても必ず反発がやってくる。だから「読者目線」「お客さま目線」に立てば、一番いいのは世間の空気に乗っかっていくことだ。強い方、勝ちそうな方についていくことだ。「だってみんなが言ってるから……」ってやつだ。

かくして、ますますモノを言い難《がた》い社会が完成されていく。

そう考えると、マスコミって一体なんなのか。本当に世の中に必要なのかね。

誰だって自分の所属する会社が存在しなくなったら困る。それは当然だ。だってみんな失業しちゃうわけだし。家族だっているわけだし。でもそれは世間様には何の関係もないことだ。例えば世間にとって朝日新聞は本当に必要なのか。なぜ必要なのか。もし「必要じゃない」って言われたらもうなくなったって仕方がないよ。いやいやそんなことないって？　ほんとかな。世の中にとって朝日新聞は××だから絶対必要なんだよ！って、本当の本気で言えるのかな。いや言って欲しいんだよ。その××ってこと。心の底からさ。

もちろん答えなんて簡単に出ない。でも私の元へ止むに止まれずやってきた手紙の束を見ると、希望はあると思うんだ。

それは、世の中の苦しみとつながることだ。「つるん」とした情報や、声の大きさを競うような主張が氾濫《はんらん》する裏側で、今みんなが本当に苦しんでいることは何なのか。その根っこを見つめることだ。

例えばこんなふうに。

新聞を読んで私はよく腹を立てているんだけど、それはあまりにも記者の思いが感じ取れない記事が氾濫しているからだ。正確で、中立で、過不足がなくて、難しい用語には解説がついてっていう配慮はきちんと行き届いている。それでも「だから?」と突っ込みたくなるのはなぜなのか。それは「これっていったい、誰のために何のために書いてるわけ?」ってことがちっともわからないからだ。つまり、書いている人間の悩みも怒りも見えないからだ。そういう記事を読むと、もうなんというか世の中に一人ぼっちでいるような気持ちになってくる。

「人間の言葉」を取り戻す

最近では甘利大臣辞任のニュース。例えば朝日新聞はもう最大級の扱いで書き立てた。東日本大震災とかのレベルに近い。もちろんニュースの価値判断はいろいろあって当然だ。でも私ががっかりしたのは、これだけの扱いなのにどこをどう読んでも「絶対にこのことは何がなんでも伝えねばならぬ」という記者の怒りがどこからも感じ取れなかったからだ。

氾濫するのは「政治とカネ」「政権は立て直しを迫られる」「国会運営にも影響が出

そうだ」といった評論家みたいな決まり文句のオンパレード。この空虚な大展開は何なのか。これが朝日新聞の「反権力」なのか。この記事に関わったであろう膨大な記者、デスク、編集局の幹部たちは本当に怒っているのか。いや全員じゃなくてもいい、一人だけでも本気で怒っているのか。敵失に乗じてはしゃいでいるだけじゃないのか。怒っているフリをしているだけじゃないのか。

皮肉なことにそんな顔の見えない記事の中で唯一の例外が、大臣会見の詳報だった。甘利氏の肉声には、正しい正しくないは別として、確実に必死な人間の匂いがした。ネットでは同情論が飛び交ったというけれど、それは異常なことでもなんでもない。むしろ希望だと私は思う。

サイボーグの言葉は、どんなに立派な文句を並べたって「人間の言葉」には勝てないんだ。

批判を恐れる空気が蔓延《まんえん》する中では、原稿は読者に何かを伝えるためのものでなく、社内での出世競争のための報告書みたいになっていく。「ま、こんなもんでどうっすかね」とチャチャッと仕上げた優秀なサイボーグの言葉が表街道をのし歩く。そこにいるのは、押しつぶされた記者個人だ。裏では「この会社はおかしい」「あのデスク

は バカだ」と文句を言いながら、会社の中でなんとか生き残るために、社会や組織の論理に身を任せ、社内での評価に一喜一憂する弱く悲しいサラリーマン――。

そうこれって、私に手紙をくれた人たちと同じだよ！

閉塞する時代の中で、マスコミだってなりふり構わず生き残りを図る組織の一つに過ぎない。その組織の分厚い皮をめくれば、そこにはやはり、弱々しく、ズルく、そして心の底では何かがおかしいと思いながら死んだように生きながらえている個人がうごめいている。

今必要なのは、そんな個人の言葉を取り戻すことだ。記者一人一人が「私だって人間なんだ！」と叫ぶことだ。本当に自分はこんな仕事がしたいのか、幸せなのか、なぜこうなってしまったのか。心底考え、生きにくさと正面から向き合えば、世の中で同じように苦しんでいる人に届くものを書けるんじゃないか。

だって「人間の言葉」は勝てるんだ。

安倍さんの「本気」に負けている

結局、心の底からどれだけ本気なのかってことが問われているんだと思う。マスコミがどんなに批判しても安倍政権への支持率が下がらないのも、結局は安倍さんの「本気」に負けているんじゃないか。組織の陰に隠れることなく、必死になって、一人になったって言いたいことを本気で発信しているか。そうじゃなきゃ誰も聞いてくれない。なぜならみんな戦っているからだ。この世の生きにくさを生き抜く戦い。ヘイトスピーチをする人々も、国会前でデモをする人々も、必死で戦っている。そんな中で、生ぬるい「ふり」はすぐに見抜かれてしまう。

そんなふうに書くとすごく大きなこと、難しいことを言っているみたいに思うかもしれないけど、そんなことが言いたいわけじゃない。

デスクとして若い記者の生原稿をたくさん見てきたけれど、本気の原稿かどうかはすぐにわかった。どんなにメチャクチャな原稿でも、記者が心から「おもしろい！」「許せない！」と思って書いた原稿は、もう有無を言わせぬ迫力があるのだ。どんなに手間がかかろうが絶対ちゃんと載せなきゃと背筋が伸びた。

でもそうじゃない原稿はこれまたすぐにわかった。30行の短い原稿でも読んでいる途中でよく居眠りをした。で、ハッと起きてすぐにその記者を呼び「ちょっと、私寝たよ！　あんたの原稿で！　これ誰に向かって何が書きたかったわけ？」と逆ギレして問い詰めていた。

この違いはどこからくるのか。10年間のデスク生活でずっと考えてきた。

自分の弱さこそが光なのだ

わかってきたのは、本当に言いたいことは、その人のどうしようもない弱さやコンプレックスから出てくるということだ。解決のつかない問題を抱えて苦しんでいる人は、たとえ意識しなくてもその答えをいつだって求めている。いやそれは何だっていいんだよ。モテないとか親との関係が悪いとか、上司にいじめられているとか。人生はだいたい苦しみでできている。で、肝心なのはそれをスマートに解決したり見て見ぬふりをしたりすることじゃない。じっと抱えることだ。

苦しんでいる人は、何を見ても、誰に話を聞いても、解決のヒントになりそうなものは見逃さない。そしてわずかでも光を見出した時、もう本当に心から共感し、そのことを誰かに必死で伝えようとする。そして、その文章は同じように弱さを抱えた人を救う。

それは本当に強いものだ。そして誰に何と言われようが損なわれることがない。

自分の弱さこそが光なのだ。そのことに気づくと、この仕事は給料とかステータスとかそんなこととは全く関係なく、自分の人生にとってかけがえのないものになる。

そして新聞を読んでいると、すっかり元気のなくなったように見える紙面の中にも、ポツリポツリとそんな必死の記事を発見することができる。そんな時は本当に嬉しくなって、まだ希望はある、頑張れ、頑張れ、と思うんだ。

でもこれからは、ものを言う人間はどんどんキツくなる。分断された不安な世の中で発言をするのはもう死ぬほどしんどいことだ。例えば日本でテロが起きたら、それでも戦争はいけないと言えるのか。安易に題目を唱えたってダメだ。耳を貸さぬ人を説得する言葉を必死で紡ぎ続けられるか。権力の背後にいるのは国民だ。その国民に

「違う」と叫ぶことができるか。不買運動が起きて経営が傾いても言いたいことを持ち続けられるか。

かつてマスコミがこぞって戦争を賛美した時代を笑うことはできない。マスコミはその事実を反省して再出発したはずだった。でもその反省は言葉で言うほど簡単なことじゃなかったと、今痛いほど思う。

どんなに批判されても、給料が出なくなっても、自分たちがお金を出し合って印刷することになっても言わなきゃいけないことを持ち続けることができるか。そうじゃない人はもうそこで働くべきじゃない。もし高給をもらえて、大会社で、ステータスも高いなんて理由でマスコミへ就職したいなんていう人がいるとしたら、お願いだから絶対やめてほしい。第一、その既得権はすでに風前の灯《ともしび》だ。

だから、こんなところで働きたいなんていうのはもはや狂気の沙汰なんじゃないかとも思う。

どうですか。それでもマスコミで働きたいですか。

第5章

書き下ろし

「閉じていく人生へのチャレンジ」

【2016年4月@自由人】

毎日が実験であり、冒険

ということで、朝日新聞を辞めたイナガキです。

前章にも書いたように、最後のコラムで「辞めます」と書いた後、想像をはるかに超えるたくさんの方からお手紙やメールを頂きました。本当に、本当にありがとうございました。

そして少なからぬ方々が、ありがたくも私の「これから」を、我が事のように心配してくださいました。本当に皆様は、私の家族のごとき存在でありました。

そう、私の「これから」。

そのことについて、この場を借りて少しだけ書いてみたいと思います。

しかしそれは実のところ、私にもどうなることやらさっぱりわからないのです。

というよりも、わからなくていいのだと思っている。

最後のコラムに書いた「閉じていく人生」へのチャレンジ。それは私にとって全くの未知の世界です。そしてどこかにお手本があるというわけでもなさそうです。これからは毎日が実験であり、冒険なのです。

ただ、その冒険の羅針盤として、心に決めていることが一つだけ。

それは、これからは他の誰かに雇われて、結果、お金に支配される人生からは一線を画していきたいと考えているのです。そうでなければ、それなりに一大決心をしてせっかく会社を辞めたのに、環境が変わっただけで、結局は「拡大すること、得ていくこと」を求める人生を続けることになってしまいそうだからです。

そうではなくて、お金からも、肩書からも自由に、ただただ生きていく。

果たしてそんなことができるのでしょうか？

それは私が一番知りたいと願っていることです。今はとりあえず、ただエイッと一歩を踏み出してしまったにすぎません。

ただ、展望が全くないわけでもないのです。

今回はそのことについて、そう、私がお守りのようにポケットに忍ばせて、折に触れて取り出し何度も眺めまくっているので早くもクシャクシャになってしまったささやかな希望のカケラについて、私の近況報告も兼ねてお伝えさせていただけましたらと思います。

冷蔵庫は本当に必需品か

新聞のコラムでも書いてきましたように、私は原発事故をきっかけに節電に取り組み始めました。

それは当初は「原発がない暮らしなど本当に可能なのか」という興味と、ある種の義務感からスタートしたにすぎません。しかし電気料金の半減という目標に向かって生活を根本から見直し、家電製品を一つ、また一つと手放していくうちに、世の中の必需品と言われているものは、本当に「必需」なのだろうかと疑いを持つようになってきたのです。

例えば冷蔵庫。

冷蔵庫のない暮らしなど、生まれてこのかた経験したことはもちろん考えたこともありませんでした。それは私だけではなく、今の世を生きるほとんどの人がそうなのではないでしょうか。「やめた」家電製品の中で、最も驚かれ、「それでどうやって暮らしているわけ?」と、半ば呆《あき》れたように、そして少し怒ったように尋ねられるのは、まさにこの冷蔵庫です。

しかしですね、これは誇張でもカッコつけてるわけでも強がっているわけでもなく、冷蔵庫を手放して1年ちょっと過ぎた今、もはや冷蔵庫がどうして必要だったのかがさっぱり思い出せないのです!

「ものを大切にしない」のは「自分を大切にしない」こと

コラムにも書きましたけれど、要するに、その日に食べるものはその日に買うだけのこと。それはスーパーやコンビニがひしめく大都会においては何ら難しいことでも面倒なことでもありません。それでも使い切れなかった大根やら白菜やらキャベツやらの食材は、ベランダのザルに並べて天日に干す。もしくはぬか漬けや塩漬けにする。以上です。特別なテクニックが必要なわけでも、手間がかかるわけでもありません。というよりも、むしろ随分と気分が楽になりました。食材のストックが減ったことで全てに目が届くようになり、食べ物を腐らせることがなくなったからです。

主婦の方であれば、あるいはそうでなくても日々の料理を司《つかさど》る方であればよくわかっていただけると思いますが、冷蔵庫って案外と奥行きが深くて、思いのほかめちゃくちゃたくさんのものが入ってしまうんですよね。なのでついつい「ある」ことを忘れてしまって、気づいたら作り置きのおかずからは酸っぱい匂いが漂い、野菜はドロドロに溶けている……なんていうことは、私もこれまでの人生でイヤというほど体験してきました。

で、そういうことが全くない人生なんていうものがこの世にあったんです！　その晴れ晴れとした爽快さといったら！

ものを腐らせてしまうということは、案外と自分自身に精神的なダメージを与える行為であったのだと改めて思い知る日々です。人とは利己的なようで、案外そうはなりきれないもの。ものを大切にしないということは、すなわち自分を大切にしないということにどこかでつながるような気がします。

そして、気分だけでなく、料理にかかる手間も時間も随分と軽くなりました。食材を余らせたくないので、あれこれとたくさんの材料を買うことができず、その結果、料理が随分とシンプルになったからです。

ご飯と具沢山の味噌《みそ》汁があれば、あとは漬物、それからもう一品ちょっとした煮物でもあれば十分。手のこんだご馳走《ちそう》が食べたくなれば外食をすれば良いのだと割り切ることにしました。しかしそうなってみると、不思議なことに、自分は果たしてわざわざ外食をしてまでご馳走が食べたいのかどうかがあやふやになってきます。

これは、もう若くないせいかもしれませんね。しかし改めて自分の体に問うてみれば、ご馳走はごくたまに食べることができればそれで十分なのです。むしろ、ごくたまに食べるからこそ楽しく、嬉しく、美味《おい》しい。

普段の食事は、毎日食べても飽きず、体調を整えるものが一番なのだと思うようになりました。そんな現在の日々の食事にかかる材料費を10日間ほど計算してみたことがあるのですが、驚いたことに1食平均して200円に届くか届かないかでありました。熱燗《あつかん》が好きなので夜は1合の晩酌を欠かさないのですが、その酒代を入れても1日の食費は600円程度だったのです。

そう考えると、いわゆる「食べていくだけ」であれば、月に2万円程度でやっていけるということになる。

冷蔵庫をなくしただけで、これほどのことが起きたのでした。

必需品って、いったいどういうことだったのでしょうか。そしてその必需品は、果たして本当の豊かさや幸せとつながっているものだったのかどうか。

なんだかよくわからなくなってきたのです。

自分の欲望が他者に支配されていく

もちろん、そんな地味な生活はつまらないという人がいるかもしれません。

しかし私にとっては、嘘《うそ》でも強がりでもなんでもなく、「これほど快適な暮らしがあったのか」というのが正直な思いです。

快適とは、自分にとって「必要十分」ということなのだと今になって思うのです。少なすぎてもいけないけれど、多すぎてもいけない。

しかし家電製品、すなわち便利な製品は、この「必要十分」をわからなくさせるんですよね。お金さえ出せば、あなたの暮らしはもっと楽に、もっと贅沢《ぜいたく》になりますヨと、企業はあの手この手で宣伝をしてきます。それ自体は別に良いことでも悪いことでもありません。企業はものを売らねばなりませんからそうしているというだけのことです。

しかしそのことに無自覚に、ただ刺激されるままにその宣伝に乗っかっていくと、欲望は限りなく増大していく。そうなると、結局、自分というものがわからなくなってくる。人が求めるものは人それぞれなはずなのに、いつのまにか自分の欲望が他者に支配されていく。

そこには、どこまでいっても本当の「快適」はないのではないでしょうか。快適はいつでも自分の先にあり、逃げ水のように延々と遠ざかる幻となってしまうような気がします。

だからこそ新製品が売れるのです。それが消費社会の本質なのだとしたら、この社会とはいったい何なのでしょうか。そして我々とはいったい何なのでしょうか。消費社会がますます栄えるための使い捨てのコマなのでしょうか。

あっ、話がつい壮大な方向へと行ってしまいました。

元に戻りますね。私がここで言いたかったのは、あれほど「なければ生きていけない」と信じて疑わなかった冷蔵庫ですら、実は必需品でもなんでもなかったということです。それどころか、むしろない方がずうっと快適なんじゃないかという疑いすら出てきたということです。

ないほうが「良いことずくめ」

これは冷蔵庫だけの話じゃありません。

例えば洗濯機です。

これも私にとってはまさに生まれてこのかたの必需品であり、洗濯機のない人生なんて想像したこともありませんでした。ところが「冷蔵庫をやめた」というコラムを書いた時、それを読んだ読者の方から「洗濯機はお使いなんですか？　あれこそなくても全然大丈夫ですよ」というお手紙を頂き、えっそうなの？　と、試しに挑戦することにしたのです。

で、やってみた。すると読者の方のお手紙にあったとおり、拍子抜けするほど全く大したことじゃありませんでした。

風呂に入る時、洗面器でその日出た洗濯物を洗うだけのことです。時間にすれば数分間。以上。これも、特別なテクニックや手間が必要なことでも何でもありません。

しかも、その日の汚れ物はその日のうちに洗うので実に気分爽快です。というのも、洗濯機を使っていた時は、毎日洗濯機を回すほどの汚れ物が出るわけではないので、週末に1週間分をまとめて洗っていたのでした。すると、汚れ物を最大1週間放置することになってしまう。

当時はそれを当たり前のこととして気にもとめていなかったのですが、その生活を脱してみると、意外に心のどこかで小さなストレスが蓄積していたんだなあと気づかされたのです。

さらに毎日洗濯をするので、下着やらタオルやらのストックも最小限で済むのです。それまでは下着は最低7セットないと暮らせなかったのですが、雨が降ることを考えても3セットあれば十分。そして物干し場のスペースもちょっとで済む。しかもスペースに余裕を持って干せるので、乾きが早い。すなわち嫌な臭いが発生することもない。それまで使っていた巨大な物干しピンチも不要になり、一番小さなものに買い換えました。

さらに水道の使用量も大幅に減りました。

つまりですね、冷蔵庫と同様、あった時よりも、ないほうが「良いことずくめ」だったのです。

もちろん、これは万人にとってそうとは限りません。小さいお子さんや、介護が必要なお年寄りのいる家庭などでは「洗濯機がなきゃやっていけない」という方もおられることでしょう。しかし万人にとって洗濯機が「必需品」かというと、どうも違うんじゃないかと考えざるをえませんでした。

必需か、必需じゃないか、それは自分が決めて良いのです。そう気づいた時、私はなんとも言えない自由な気持ちが湧き上がってくるのを抑えることができませんでした。

最終的に残った家電は四つ

こうして一つ一つの家電製品をあげていったらきりがないので、もうこれくらいにしておきます。しかし結論を言うと、少なくとも私にとって、「必需」である家電製品は、実はほとんどなかったということがわかったのです。

結局のところ、最終的に我が家に残った家電製品は四つ。

電灯。

ラジオ。

パソコンと携帯電話。

いずれも、ごくわずかな電気で動くものばかりです。そして、これらは電気というエネルギーがあって初めて動くものたちです。パソコンを火で動かすことはできません。だから電気は大切なのです。これまで以上に「電気さん」に深く感謝しながら生活をしています。

電気代は月２００円を切りました。もう電池でもやっていけると思いますが、電池がゴミになるのが嫌なのでそうしていないというだけのことです。それでも生活が不便になったわけでも、家事に時間がかかるわけでもありません。全く「どうということもなく」暮らしています。

いやそれどころか、気づけば以前より豊かになったかもしれない。

会社を辞めて定期収入がなくなったので、家賃負担を圧縮するため狭くて古いマンションを探して引っ越しをしたのですが、33平米という面積の割に、うちへ来た人たちは皆「ここ広いね〜」とおっしゃる。

で、私もそう思います。むしろ広すぎるくらいだなと。贅沢すぎるんじゃないかと。

その理由は、家電製品がないからということが大きいんですね。

家電製品というのは、案外と大きなスペースを必要とするものです。冷蔵庫と洗濯機がないだけでも畳1畳分くらいの面積が浮く。掃除機を入れる物置も不要。電子レンジも炊飯器も電気ポットもありませんから極小の台所も広々すっきりとしています。

思えば、いま私が暮らす東京において、最も高いものは何と言っても「家賃」です。本当に多くの人が、この家賃というものに苦しめられている。しかしほとんどの人が無意識のうちに、その高い家賃の多くを、実は家電製品を「飼って」おくために支払っているのではないでしょうか？　で、その家電製品は本当にあなたの生活を、人生を豊かにしているのでしょうか？

もしそうじゃないとしたら、あなたはいったいどのように豊かに生きたいと思っているのでしょうか？　あなたの目指す豊かさとは、いったい何なのでしょうか？

「電気のない生活」を通して手に入れたもの

こうした一連の行為を通じて、私の中にはある一つのイメージが像を結び始めました。

それは、病院の集中治療室のベッドに横たわる重病人のイメージです。その人は生命を維持するため、たくさんのチューブにつながれています。栄養を入れるチューブ。薬を入れるチューブ。どれ一つとして外すことはできません。なぜなら、もし外したらその人の命がたちまち危機に陥るからです。逆に言えば、チューブにつながれている限り、その人は命を長らえることができるのです。しかし一方で、その人はベッドから動くことができません。

便利に慣れきった私たちは、たとえて言えばこの重病人のような存在なのではないでしょうか？　様々な必需品に取り囲まれて、あれがなければ、これもなければとても生きていけないと皆が口を揃《そろ》えて叫んでいます。

そして私がやってきた「節電」とは、おそるおそる、このチューブを一つずつ外していく行為だったのではないか。

本当にこれがなければやっていけないのか？　生きていけないのか？

すると、いざやってみたら案外と大丈夫だった。そこでまた次のチューブを外してみる。するとまたしても、なんだどうってことないじゃないかと。

そうして結局、ほとんどのチューブが取れてしまったのです。

その結果、何が起きたのか。

そう。私はベッドから起き出して自由に歩き回ることができるようになったのです。

そう。自由。私は節電という行為を通じて自由を手に入れたのです。

私はそれまで、自由というのは潤沢なお金を手に入れて、欲しいものを好きなように買ったり、行きたい場所へ行けることなのだと思っていました。

しかし今にして思えば、それは際限のない欲望の再生産でした。手に入れたと思った自由は一瞬で消え去り、すぐに「次の欲しいもの」が登場します。そのためにまたお金を手に入れなければならない。それは自由ではなくて、自由というハリボテの幻を追いかける際限のないレースだったんじゃないか。そして結局、また新しいチューブが増えていくばかりです。結局、いつまでたってもベッドから動き出すことはできないばかりか、どんどんきつく縛り付けられていくだけだったんじゃないか。

本当の自由ってどうもそういうことじゃなかったんじゃないかと、50歳にもなってようやく気づいたのでした。


つまり本当の自由とは「なきゃやっていけないもの」、すなわち必需品を増やすことではなくて、その逆、つまり必需品を減らしていくことなのだと思うのです。あれがなくても、これがなくてもやっていける自分を作っていくこと。

もし、モノがなくても、そしてお金がなくても幸せに生きられるとしたら、果たしてこれ以上の自由があるでしょうか?

そう思った時、私の目はついに、最も太いチューブに向けられたのだと思うのです。

そう。「会社」というチューブに。

「お金のない生活」というチャレンジへ

そうしてついに、私は本当に会社というチューブを抜いてしまったのでした。

思い返せば、高度成長時代の教育ママに育てられ、良い学校、良い会社、良い人生という方程式を疑わずにずっと生きてきたのです。それが、この歳《とし》になってまさかのこの事態。今の私は文字通り、糸の切れたタコです！　どこへ飛んでいくのやら全くわかりません。

そして会社というチューブを抜くということは、すなわちお金の供給が断たれるということでもありまして、今私は、電気のない生活というチャレンジから、さらにお金のない生活という途方もないチャレンジを始めたところです。

もちろん「ない」と言っても全くないわけではありません。この日に備えて貯金もしてきましたし、退職金もあります。それを食いつぶしつつの、いわばママゴトの冒険に過ぎないといえば全くそのとおり。しかしそうだとしても、というかそうだからこそなのかもしれませんが、ずっと恵まれたレールの上を当たり前に歩いてきた私にとっては、実にワクワクドキドキハラハラの日々が始まったというわけです。

で、それを始めてまだ3カ月ほどなのですが、早くも「いや、これは案外とやっていけるんじゃないか？」という気がし始めている今日この頃です。

というのも、私が無職になったと知るや、これまで様々なご縁で知り合いになった全国各地の方々が、「いつでも遊びにいらっしゃい。うちに泊まっていけばいいから」と、異口同音におっしゃるのです。

これは……もしや私、全国各地に「別荘」を持っているってことと同じなのでは？ってことはこれからの人生、旅行先に困ることなく生きていけるのかな？と思ったりしているのです。無論、お返しにできることは何でもしたい。それはお金だけじゃないと思うのです。相手の仕事を手伝ったり、いつか我が家にも泊まってもらったり。世の中にはお金がなくたってできることはたくさんあるはずです。

……いやよく考えると、そうじゃないかもしれません。お金がなくたって、じゃなくて、もしかして、お金がないからこそ、なんじゃないか。

私が会社員で高額の給料をもらっていた時には、こんな申し出を頂いたことはついぞありませんでした。確かに「うちに泊まりにいらっしゃい」って、なかなか他人には言えません。馴《な》れ馴れしいかなと思ったり、逆に相手に気を使わせちゃうんじゃないかと思ったり。

でも、「どうも金がないようだ」とわかっている相手になら、言える。

人とは本質的に、どこまでも親切な存在なのだと改めて思うのです。人とは実のところ、誰かのために、何かをしたいと願ってやまない存在なんじゃないか。いま世の中は閉塞し、人々は罵り合い、傷つけあい、分捕りあっているばかりのように見えるけれど、本当にそれが人の本質なのだろうか？　と思うのです。

お金より電気より、人間こそが大切な存在

つい先日も、仲良くなった近所のお豆腐屋さんで150円のお豆腐を買うと、「もらいもんだから」と、大きな鯛《たい》のおかしらを二つ頂きました。さらに1週間後には、130円の生揚げを買うと「これももらいもんなんだけど、うちじゃ食わねえからさ」と玄米を1キロ。

あの……これじゃあお金が減らないんですけど！

全く人間ってやつは、ものすごい存在です。

私たちはもしかして、思い込みの世界を生きているのではないでしょうか。それは、お金がなければ始まらない、お金がなくては何もできないという世界です。それは電気も同様なのかもしれません。電気がなければ始まらない。電気がなくては何もできないという世界。

もちろん、お金も電気も大切な存在です。しかしそれ以前に、人間こそが大切な存在であるはずです。

大げさに聞こえるかもしれませんが、私は今、何だか無限の鉱脈を見つけたような気もしているのです。先日、生物学の先生に伺ったことですが、我々人間が見ているのは「三原色」の世界ですけれど、鳥が見ているのは「四原色」の世界なのだそうです。つまり人間も鳥も同じ世界を見ているのだけれど、実は見えている世界は全く違う。鳥の目には、世の中は我々が思っているよりもずっとずっと色彩豊かで奥行きのある世界に映っているらしいのです。

我々は世の中を見ているようで、実のところ肝心なことは何も見ていないのかもしれない。この世の可能性はもっともっと無限なものなのかもしれない。
そんな希望の春を迎えている51歳が東京の片隅で生きております。

稲垣えみ子（いながき・えみこ）
1965年生まれ。朝日新聞社で大阪社会部、週刊朝日編集部などを経て論説委員、編集委員。2016年1月退社。近著に『魂の退社　――会社を辞めるということ。』（東洋経済新報社）。

アフロ記者《きしゃ》が記者《きしゃ》として書《か》いてきたこと。退職《たいしょく》したからこそ書《か》けたこと。

2016年6月30日　第1刷発行
2016年7月10日　第2刷発行

著　　者　稲垣《いながき》えみ子《こ》
発 行 者　友澤和子
発 行 所　朝日新聞出版
〒104－8011　東京都中央区築地5－3－2
電話　03－5541－8832（編集）
03－5540－7793（販売）

印刷製本　株式会社 廣済堂

ISBN978-4-02-251389-2
定価はカバーに表示してあります